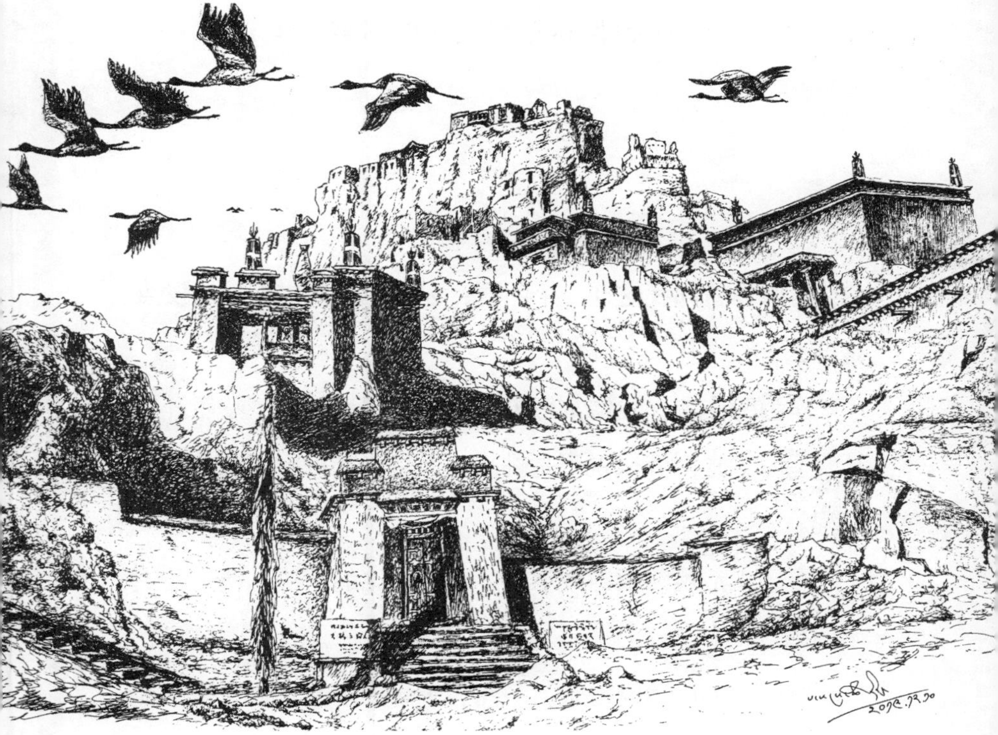

自序

回到世界年纪还小的时候

有媒体曾问我这样一个问题：你选择读某本书的出发点是什么？

作为写作者，我常常想象一本自己想读的书，然后开始认真写它。这对我来说不是挑战，而是一次提前预约的写作旅程。

有了生活足够预约地下笔，无与伦比的痛快，便主动找上门来。

意识到人比动物复杂、多面、矛盾的本性，恰恰是这本书的写作过程所赋予我的收获，是我逃出一个集体的围困之后对一群人的反面审视。从单纯的相处，到复杂的理解，这个过程花了整整十年时间。而真实的集体生活，占据的却是一个人最精华的十六年光阴。

那是世界年纪还小的时候。

那个地方叫喜马拉雅。

在一座神山的边缘，审视一个被雪覆盖的集体，其中免不了许多从没交集的人，这远比审视那些熟悉的交集者，来得面目狰狞，好比雪地上遇见的各种动物脚印，随之闪现。它们的面孔想起来很清晰，也很模糊。

当世界年纪还小的时候，那个少年尚未建立完整的世界却已经开始被成人化的世界打破，我想说的是，一只动物的稚拙年代，若没有遇对人，很可能会遭遇毁灭性打击。这个令人震惊、无措的过程如一场慢性病，可能让你感到漫长的害怕与无所适从，但回过头来，又会发觉它的意义所在。好在我投予那些动物时的目光，不是研究者的冷面观察与理论上的枯燥书写，而是遇见者的一场初恋，真切、热烈。

我想要学习一些高海拔上的动物智慧，从藏狐到雪豹，从藏獒到雪娃，从黑颈鹤到野马，从藏野驴到飞鹰，从可可西里正在恢复数量的藏羚羊到墨脱路上的相思鸟……仅仅因为抚摸过这些智慧的一双双眼睛，就足以让我回到世界年纪还小的时候，忧虑一朵未被污染的雪花落在大地的危险。

好在人生进入睡眠浅层的中年岁月，总有一个声音对我说，红尘千里之外，无论你历经了什么，岗仁波钦的雪，永远是圣洁的。如同一个奇幻的星球，闪烁着无数光明的眼睛，当它们在森林的某个出口安静地望着你的时候，你一定会觉得突然睁不开眼睛。

这本书，写的是一个人在喜马拉雅迷途时候与多种动物的相遇，他们之间产生的爱和承诺，是人类难以看见的，有的动物，早已因这个人的一次久别，最终转身跃进瘴气滚滚的深渊身亡。但那个人并不知道，只有岗仁波钦才是唯一见证。

有人会说这是动物犯的傻。

但我认为这是动物的真。人类情感丢失已久的真，值得被世界永远典藏的人与动物情感之"真"。

写作，很多时候，需要回到世界年纪还小的时候，找寻那颗较真的灵魂。在人潮汹涌的都市，许多人都在寻找内心完美的自我，它并没有消失，或许被藏在你来不及看见的某种动物的眼睛里。不信，你在某个地方遇见它，好好投入地看着它，慢下来，久久地，它也在目不转睛地注视着你！

抽个时间翻翻这本书吧，我不知道你能否遇见我述说这些动物中的一种，也不知后来的后来，留恋在岗仁波钦路上的泰国少年柏朗侬林和他的父亲托尼·贾,能否如愿找到去年那一只相约的雪猪子?

心灵之上的遇见,永远无法复制。

还有一些遇见,正在被生命改写。

但这不妨碍我坐下来,看见冈仁波钦途中的自己。我抱起一只全身会发光的藏羚羊,在雪花融化的风口,轻轻歌唱,在野牦牛柔软的目光中,缓慢地伸出手,将它揽进怀中——如果我们还能回到世界年纪还小的时候……

2018.5.15 藏历萨迦月初一

凌仕江己于成都 朵藏

目录 contents

雪夜兵狼

鲜花盛开的村庄　13

第一次夜岗　18

鬼　23

兵狼　29

木碗里盛满故事　37

蘑菇云　44

走出喜马拉雅　57

羚羊舞蹈

风过可可西里　70

追　74

藏北雪　78

藏羚羊乐园　86

雪线上的影子　92

羚羊舞蹈　102

牛马相声

拯救野马 108

牦老兵 112

达拉之墓 117

牧马人 121

小牛犊的世界 126

冰马 130

雪在烧 137

请对黑牦牛好点 149

你是不是不愿意留下来陪我的牦牛 152

骑着牦牛去看海 155

獒狼相遇

驴的思念 164

月光下对酒 169

遇见扎西 175

女兵和狗 185

鹰群掠过

昏鸦　196

两滴血　201

乃堆拉的鸟　204

哭泣的黑颈鹤　208

此鸟最相思　213

神灵的葬礼　217

鹰影　223

寻找一只鹰　228

预言　231

鹰背上的少年　237

豹典朋友

鼠兔　255

雪豹　259

藏狐　262

雪猪　276

后记

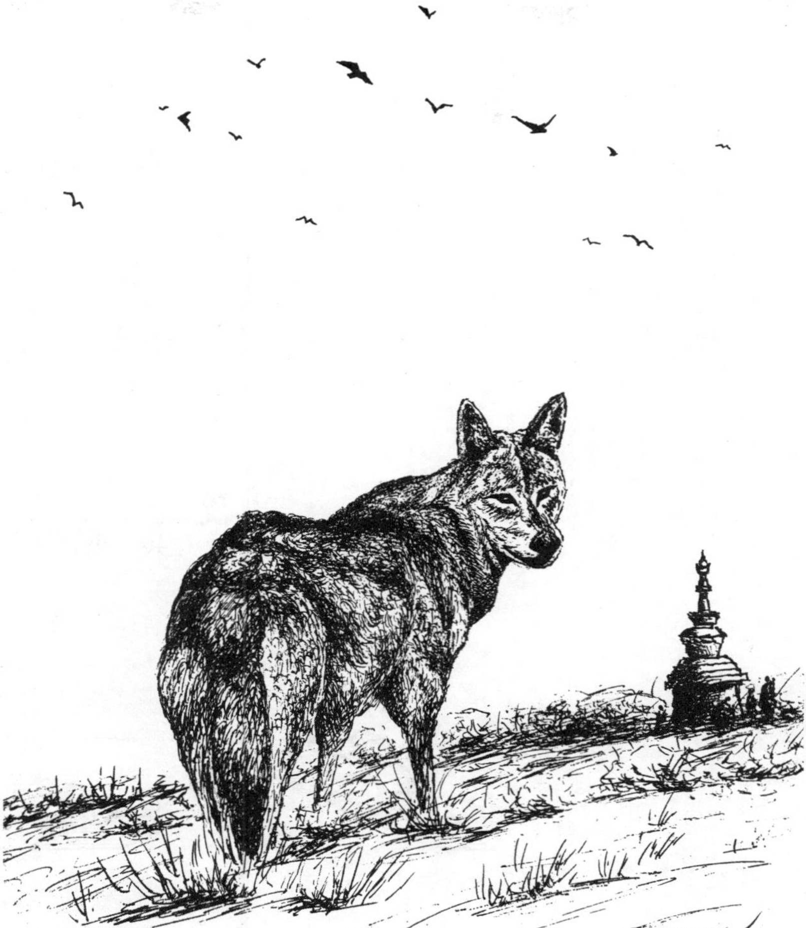

雪夜兵狼

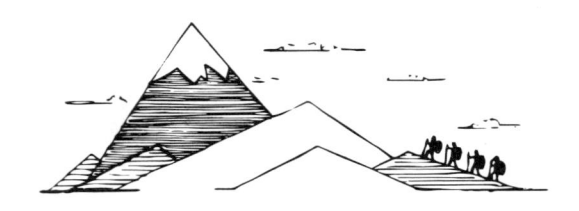

鲜花盛开的村庄

我们的营房紧挨着一座寺院。

寺院的旁边紧挨着一座村庄。

村庄里盛开着各种各样的花，非常漂亮。可是铁路不久就要铺到这里，村庄里的人家已陆续搬迁到了草原那边的小镇。往日人声鼎沸的村庄显得越来越安静。安静得最后只剩下了一盏晚风中低吟的枯灯。

灯下有一位白须飘荡的藏族老人。

他到底在漫无边际地想着什么？

每个夜晚，无论我从哪个方向望，都躲不过那盏灯和那个老人，难道他有意要让我知道他的前世与今生？有时，在我忽然醒来的星空下，会听到村庄里飘出起起伏伏的鹰笛声，仿佛他是在为自己的村庄作最后的送别。他看上去已经那么苍老，但是谁也不知道他准确的年龄。村庄四周开满了高原上随处可见的格桑和许多不知名的野花。那些开了又谢、谢了又开的花，到了夏天便把村庄包裹得花花绿绿，一片圣洁，像一座神光乍现的宫殿。那时，我喜欢在午后穿一件迷彩背心倚窗俯瞰村庄里的动和静，有时我手捧兵书，眼睛却在偷偷欣赏一幅神奇的画——他看上去精神矍铄，如果我悄悄地和他打一声招呼，他一定会立即朝我挥一挥手，然后马不停蹄地给我送来几个土鸡蛋或一碗酥油茶，让我想起年轻的祖父和他遥远的温暖。

十几年过去，如今的老人脸上布满了重重的光斑，他饮尽一壶青稞酒的空荡，似乎老得没有什么力气动摇筋骨了。

和他留守在村庄里的还有一群凶猛的藏獒。

西边，绛红色的阳光，被大鹰的翅膀渐渐遮盖。

一群戴安全帽的人行进在大鹰的阴影里。他们手持图表，从村庄的这头走到村庄的那头，反反复复。老人看在眼里，面色像一个身患急病的生命垂危者。

"我们为您造福，铁路要通过这里。"

"你们休想，我是不会离开这里的。"

"村人都搬离了，您为什么要固执？"

"你们打死我也不会搬走的。"

"我们可以多给您一些补偿。"

"不，不，我只要我的村庄。"

"您，您，您妨碍国家工程！"

"你，你，你可以向上告我。"

太阳被气势凌人的藏獒吵上了东山顶上。镇政府的人开着拖拉机来了，报社的人开着小车一路风尘地冲在最前面，搬到草原那边的村民骑着马紧随其后，希望老人尽快搬离村庄，不要因小失大，影响工程进展。

老人无语，他像一个做错了事的孩子，愣在那里。

有执法人员冲进老人家里，动作麻利地收拾起他的家当。村庄这头和那头的房屋在工人们的汗水里热烈地倒下，老人老泪纵横。他面朝那扇鲜花掩映的门窗，眼神发愣，表情惆怅。

阳光从一个方向稀释着他满脸的皱纹和泪光。

不知是谁大声地喊了一声：只要这条神奇的天路通过村庄，您去拉萨朝佛就再也不用跋涉几天几夜了呀。

老人扑通一声，跪倒在地。

我在阳光下站着，久久地站着。看来，一切已成定局。不久，一条跨越几个世纪的铁路将把村庄化为乌有。取而代之的将是不可想象的繁荣和喧嚣。我不知该替这里的人们高兴，还是该为眼下的老人悲伤难过。

他为何生死不愿离开村庄？

若即若离的星辰挂在窗前，我趴在窗口心事重重地望着残缺的村庄，老人的那间房屋在暗淡的光线下即将消失。忽然，我看到一个奇怪的景象。那群藏獒在老人的膝下望着屋顶上的风马旗呼呼哀号，它们在那扇画有太阳和月亮的门下狠狠地刨洞，那热火朝天的阵容像整齐有序的工人师傅专心致志地做着同一件事。我十分怀疑这一幕难道是我少年时候的幻象？于是对着越来越亮的月光大喊了一声，事实证明这绝非幻象。在我小时候的故乡蜀南，我见过一只狗在村后的树林里刨洞，这在祖父看来是很不吉利的事情，他口中念念有词："又该轮到谁离开村子了。"这样的景象一出现，那只狗必死无疑。

我不知一群藏獒同刨一个洞意味着什么？

那个不眠的夜晚，我鬼使神差地梦见了许多荒诞无稽的事情，梦见我的祖父挥舞拳头打死了一群比人高比马大的野狗，我竖起大拇指称他英雄。我还梦见村庄里那个孤零零的老人走了，所有的人都捧着哈达为他送别，所有的大鹰都站在高处迎接他的灵魂……

醒来后，我听到一支鹰笛划破长空凄凄惨惨的声音，还有推土机轰轰隆隆震动泥土的响声。惨了，惨了，我想，老人的村庄将彻底夷为平地了。我一边穿衣，一边迅速向那鹰笛声奔去。然而，刚要接近村庄时，所有的声音突然戛然而止，仿佛整个世界听到了风的指令。我来到老人的木窗前，看到工人师傅一个个举着十字镐的表情茫然不知所措。目及之处，是一群硕大无朋的藏獒，它们的头都在往一个洞里挤。莫非，这就是它们昨晚的杰作？我一脸疑惑。工人师傅们怎么也赶不走那些藏獒。就在大家议论纷纷的时候，老人在人群中闪了出来。他向我神秘地点了点头。然后，蹲下身轻轻地拍打着那些藏獒，藏獒呜呜地叫着退出了洞。所有的人都将头伸进这个洞探望。洞的底部是一幅色彩清晰的壁画，画上有藏人，还有几只向天怒吼的藏獒。

"咦，这是遥远年代的庄园？"

"咦，咦，咦，我看不是吧？"

"嘿，管它是什么，总之，在这里遇到了历史，我们就不能在这里动土。"

那个说话有点像官员的人怔怔地审视着老人的脸。老人一脸惊愕地望着苍天，鹰群在高高的屋檐上盘旋……

村庄又恢复了往日的风貌。

现在，每当火车驶过鲜花盛开的村庄，我就会闻到阳光阵阵的芳香，关闭书本，抬起头，壁画上的人和事总让我一路遐想，一路沉思，一路仰望。

第一次夜岗

那一夜，是当兵初年冬日的晚上，太漫长，可谓步步惊心。

刚刚从教导大队集训回来的副班长，领着我到连队背后的冰河旁站夜岗。白天里，我仔细观察过这条冰河，像一条洁白的哈达，从远处的原始森林飘落至连队脚下。这条河是冬季野牦牛出没最多的地方，过去连队多次因新兵误岗而遭受野牦牛袭击，将炊事班储备的食物偷得精光，害得我们几十号官兵饿了肚子。所以我第一次站岗，排长很不放心，专门配了一个副班长给我壮胆。

我们背着枪在雪地里走来走去，风嗖嗖嗖地穿越枯荣的干草告诉我们：在高原，其实人没有风寂寞；在雪夜里，两个人至少还可以靠说话取暖。我们望着星星落在旷野上，副班长说，山上原始森林里的野牦牛一般都趁人睡着了的时候，才会下山来，或者是绕过哨兵的视线，进入连队，进入那些正在梦乡的新战友的床边。我望着副班长的表情开始紧张起来。而副班长则一脸轻松地望着我，想笑又非笑。

就在副班长蹲下身点燃一根烟时，忽然，乱草丛中几只乌鸦直窜魔幻的天空。

我向着副班长舒展的脸上看去,背后有一只雪狼站在高高的树桩上,冷冷地盯着我们发呆。它看上去,像一只被首领抛弃的狼,有一点落寞,有一点自责。

副班长朝我使了个眼色,然后悄悄蹲下身捡起几块石子做防备的武器。人狼对峙,四周安静如死水,仿佛空气都凝固了,吓得我屏住呼吸,心"怦怦"乱跳。狼披着一身雪衣,身后的路越来越白,一直通向连队,值班室那盏小小的灯火如一粒闪闪的红豆。副班长当机立断,紧紧地拉住我的手,几步奔向放牧者迁徙之后废弃的帐篷工事里。我们后退几步,狼前进几步,我们闪躲,狼也闪躲,我们停下,狼也止步。我忽然启动脚步,朝着连队狂跑几步,可四肢发颤,感到头重脚轻,踉跄一下跌倒了。看来跑不掉就得和狼拼命了,我顺手捡起一根树枝,在空中乱挥舞几下,可是冷空气将我的树枝,折断成了几节。我想爬树,可树离我还有九步之遥,容易打草惊蛇。副班长怒吼着,用身体紧紧护着我,朝着连队方向大声疾呼:"口令——口令——口令。"回应我们的是山谷空旷的回音,冰天雪地空无人影。只感觉,值班室的那一粒闪闪的红豆比先前大了许多。我跟在副班长身后停停跑跑,跑跑停停,恨不得插上翅膀,逃出这可怕的境地。

副班长用手上的石头,镇定地对准狼狠狠地进行反击,一块又一块，狼机警地一一躲过。恰好我们这时来到一处荒草茂密的山坡，副班长立刻掏出打火机。无奈因为深夜空气太稀薄，怎么也打不燃，只有几粒星花闪动。狼看着我们，高擎着头，长啸一声，调过头走了。副班长说，有救了，我们有救了，狼还是有怕火的时候。

风刺痛脸的时候，我们抬头看见了雪花。依稀可辨的是，帐篷工事里，出现了一个模糊的人影，不大一会儿，我们才看清他手上举着手枪，胳膊上戴着"值班员"的袖标，那是我们的大胡子排长。原来他听到口令之后，早已潜伏在暗处保护我们。待他向我们问起事情的经过时，狼已经跑得无影无踪了。

我如释重负地躺倒在雪地上……

醒来才发现，眼睛里盛满了连队里所有人关切的眼睛。他们将我团团围住，温柔地看着我慢慢苏醒。尤其是我们从老家一同入伍的新兵蛋子祖贵，反复扯着我的衣襟问："狼呢，狼呢，你把狼弄到哪里去了？等我站夜岗，看我怎么收拾它！"

事后，我才知道，那一夜，是大胡子排长将昏迷的我从雪地像民工扛沙袋一样跑着步子扛回连队的。

再后来，我也学会了像副班长那样，带着新兵第一次站夜岗，并用一些简单的办法逗狼玩。其实，所有的副班长们在成为副班长之前，都有过第一次夜岗的新兵经历，慢慢地遇到狼的次数多了，他们便积累了对待狼的多种战略与超高本领。只是在新兵面前，他们保持了花开花落、宠辱不惊的带兵本色，灵活又习以为常地用简单的办法应对复杂的格局，但结果态势却十分理想。这其中有危险，却又不失紧急的机智！

　　多年以后，就在不少读者怀念狼的今天，我可以完全负责地告诉大家：其实狼根本就不可怕，在原始森林包围的高原连队，最是寂寞寒冬腊月，动物更想成为人类的朋友。

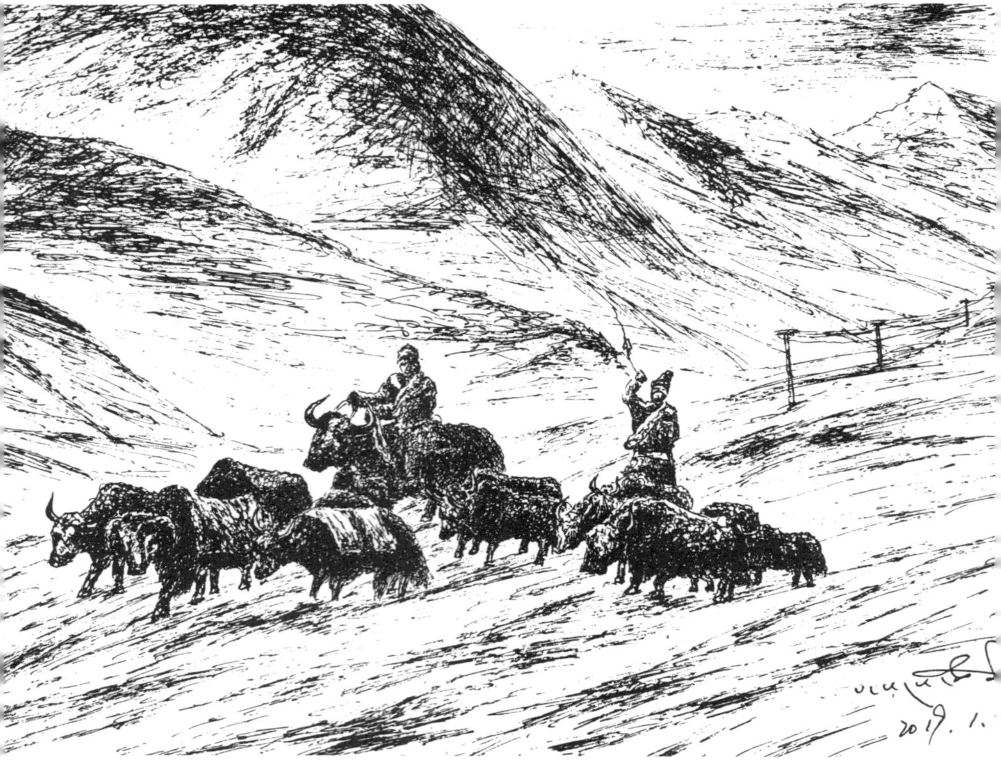
2019. 1.

鬼

眼看,月亮又要来接太阳的班了。

夜空清凉,没有星星,也没有风。随着天边那一抹残红的消隐,莲花般的月亮匆匆步入喜马拉雅山的舞台,高原的月亮善于表演独舞,称得上尽职尽责。你看她倾其所有地挥洒出皎洁的清辉,把大地的心情涂抹得那么明快,把雪峰的表情点染得那么安神。总之,不让你沉醉她就决不罢休。

你喜欢这样的夜晚吗?在月色如此柔曼的时刻,你会做些什么?我想,我会情不自禁地挽着爱人的手漫步林间小路;我会抱着亲爱的孩子哼一曲摇篮曲;我会手握一杯温暖的咖啡临窗眺望霓虹夜色;我会把双手落在斑马键上弹一曲雪绒花……想起如此曼妙的夜晚,幸福,的确可以像花儿一样绽放。

可是,可是有人不喜欢这样的夜晚,而且很不喜欢。

两个哨兵。

两个同年入伍的哨兵。

一个来自成都,一个来自上海。他们被分到这里执行看守任务已整整一个冬季。这样的夜晚比以往任何一个夜晚都要安静，安静得就连树上最后一片绿叶变黄的声音都能听得清清楚楚，安静得连彼此的呼吸都可以听得真真切切，安静使彼此在喘息未定的时候一刻不停地感到可怕和窒息。既然两个人都很不喜欢这样的夜晚，你一定会问在这荒山野岭的地方，他俩到底喜欢什么呢？

说出来，也许你很可能不太相信，他们只喜欢——

狂风怒号；倾盆大雨；大雪飞扬。

不难想象，在这样的地方和这样的夜晚，只有大自然发怒了，他俩才能感到彼此心跳的存在。可就在这样一个无聊得让人找不到话题的夜晚，他和他如同两颗缺氧的沙粒几乎滑入了崩溃边缘。

这个哨所叫昆木加。

平时，两个二十郎当的小伙子躺在各自的床上，总有聊不完的话。可这样一个夜晚，他俩实在是找不到什么新鲜事儿可聊了，风雪潇潇的季节把他俩仅仅只有两年的当兵历史嚼了个粉碎，所有记忆犹新的往事都被对方撕得支离破碎使之无法缝合：比如当兵前谈过几个漂亮的女朋友，父母怎样离异，挨过班主任几次表扬和批评，逃过几回学，等等。甚至连队里的战友谁好谁不好，谁喜欢打谁的小报告，谁最有希望当上将军，谁是谁的马屁精，他俩也不厌其烦地翻来覆去说了千万遍，两个小男人就这样在 90 多个夜晚用神聊的方式干掉了 18 年的成长史和近乎两年军旅生涯的秘密。可这样的夜晚，他们的话题真的到了山穷水尽的地步，只能怨恨自己，谁让自己年轻得还没长胡子呢，这只能证明经历的事情太少，就无能为力给这样的夜晚添加丰富的色调。

遗憾，真遗憾，过去的故事都已谈完说尽。

想想这个漫长的夜晚能找到什么精彩内容打发无眠的时光呢？时间好像由有限变成了无限？值班的月亮如无性别的神走到了山坡上。其实，也就只剩下那么十个来个小时，他俩就可以走下喜马拉雅山了。下了山，第一件事做什么好呢？他俩心照不宣地彼此你看我，我看你，看来看去，这一看便让双方从床板上弹了起来，他俩像是找到了一个话题的着火点，眼睛瞪得大大的。那一刻，他俩恨不得明天是个大晴天，各自马上就能回到自己的故乡，把时间握在自己手上，想做什么就做什么，最好把人世间所有喜欢做的事都放在第一天，第一小时，第一分钟，第一秒钟做完，那才叫痛快啊。

"等我回到成都后，"他望着小天窗说，"我一句话也不想说，就坐在人民南路的台阶上，使劲地看人，我就无比幸福了！"

"别说是看人，只要是个会喘气的，哪怕一只猫，哪怕一只做梦的蜻蜓或蝴蝶,只要它能咬我一口,我也会感到很满足。"

嘶啦!窗外,突然传来一声响动。

两个人几乎同时倒下床,把头转向对方,互相对视着。按哨所日常生活常识,他们应该立刻跳起来排查情况,可两个人都没有动,他们对三个多月来从没有出现过的什么响动,一时竟无法做出及时的判断和反应。

"是落叶吧。"

"睁大眼睛说梦话。"

咣咣当当!又是一声。

这一回他俩同时从床上跃起,又同时抓起身边的冲锋枪,一转身躲到了窗前。隔着玻璃窗,他俩同时看到一只黑瘦的怪物正在用嘴撕咬着哨所的门。顿时,两颗脑袋一片空白。他俩同时用力捏了一下彼此的手和脚,痛!冷冷的痛!不是梦,不是梦。

"哪来的狗呢?"他目不转睛地望着那怪物。

"搞笑,怎么会是狗?"他不以为然。

而那庞大的怪物丝毫不理睬他俩对它的议论,仿佛眼里根本就没有这两个人,依然故我地啃咬着铁皮做的门,很用力,而且带着明显的喘息声。

"绝对不是狗。"

"那它是什么?"

"是熊吧?"

"熊在这里也能生活?"

"活,活,活不了吧。"

"那到底是什么?"

"什么都不像啊?"

"鬼。"

"你,你,你见过鬼?"

他丢下枪,抱紧他,恨不得钻进他的体内。

"是的,鬼就长这样。"

"妈呀,这地方,人都不愿来,鬼来干嘛呀?啊——呀。"

"嘘——"他对他的阻止有些晚了,那"鬼"听到喊叫立刻一掌打在窗前。"鬼"隔着窗看见两张模糊的脸,那闪着绿光的眼睛里散发出好奇。

"是狼,噢,不对;是熊,也不对;妈呀,真是鬼呀!"

他一把推开他,大喊一声,火速举起手中枪"刷——刷",保险打开,子弹推上膛,他瞄准了"鬼"。

"慢!",他迅速伸出手,一把压下他手里的枪,"别,你看是鬼吗?"

他和他把头轻轻吱出窗外，仔细一看，长舒一口气，原来……那不是鬼，是狼，两只狼，两只在人面前表情十分狼狈的狼，灰的那一只用力地搭在白的那只背上。

两支枪笔直地靠在他俩腿旁像两个熟睡的战士。

天空蓝得发慌，月亮径直穿进雪莲般的云朵里。

远处，雪线上传来了汽车的鸣笛。

眼看，太阳就要来接月亮的班了。

兵　狼

这是发生在大年除夕夜的事情。

风中的雪像一把把锃亮的军刀直飞喜马拉雅的脸上，气温猛然降至 -35℃。山中哨所里的官兵正围坐在一起开新春茶话会，室外冰天雪地，寒流像鱼儿在空气中游来游去，室内暖意融融，糖果瓜香，烟雾弥漫，谈笑风生。

哨所屹立在喜马拉雅高高的鼻梁上。

那盏灯就像一颗相思的红豆照亮了极地的天庭。

在那些被风吹过的夏夜里，山下的少年达娃（月亮）和嘎玛（星星）总会仰着头望着那盏灯发呆，许久嘎玛才问达娃："姐姐，那就是嫫拉（奶奶）常说的天上不落的星辰吗？"达娃总是不语，仿佛她有想不完的心事。

"金珠玛（解放军），不好了，我家达娃（月亮）和嘎玛（星星）外出寻找走失的小羊羔，至今未归，怎么办，这可怎么办呀？"22时20分，山下村庄的牧民扎西气喘吁吁地赶到哨所，话还没有说完，一屁股坐在门口，泪水从眼眶急如星火地滚了出来。

"看来情况有些不妙！"哨长何海斌站起身，丢下正在冒烟的烟蒂,向坐在炉火边的兄弟们挥手道:"高宇你拿铁钎,张强你拽背包绳,何飞背热水壶,戟星扛干粮,韩东留守……"命令下达之后,他赶紧披上大衣,换上大头皮鞋,又朝大家吼了几声"快快行动,务必以最快的速度替扎西找到他的儿女,保证他们的生命安全。"

"哨长,我也要去。"韩东眼神里有一汪清澈的水,很缠绵。

"你去,你去了,谁在屋里守电话呀?"哨长一本正经地看着新兵小韩。

"让高老兵守吧,反正他的电话多,他女朋友天天和他煲电话粥呢。"韩东的眼神不怀好意地落在高宇身上。

"我电话再多也没有你眼泪多,你去嘛,去了路上不要哭鼻子就好!"高宇盯着小韩。

"倒霉,大年初一遇上我留守,寂寞呀,在这里过春节太不好玩了。"韩东哭丧着脸扫视了大家一眼,独自坐在炉火旁不吭声了。

"给我在哨所老实待着吧,有扎西大叔陪你烤火呢,我们找到人很快就回来了。"哨长话完,就带领着精兵强将踏雪出发了。路上雪厚路滑,稍不留神就会摔个大跟头,如果步子快了刹不住就会从坡上滚到山下去,山顶的大雪还在不停地飘,看上去像一朵朵棉花糖,但比大鹰的翅膀沉重,没走多久，大家就停滞不前了。山上山下，一片银装素裹，白茫茫的世界里，看不到几盏灯火，更不知路在何方？达娃和嘎玛究竟去了何处？平时小姐弟俩放牧的空隙，偶尔给哨所的金珠玛送一些蔬菜上去，有时还走着歪歪斜斜的步子参与到巡逻的队伍中，哨兵们对这姐弟俩格外喜欢。

"达娃、达娃，嘎玛、嘎玛，你们在哪里？"一声声遥远的呼唤回响在喜马拉雅。五个人像五节电池联结在一起发出的电波声，与风雪声交织在一起，那声音时而被风雪没收，时而被山垭口的巨石吞没，他们避开风口，躲在山洞里，一人喊一声，一声接着一声地喊，世界依然沉默，天地一片死寂。一个多小时过去了，仍然不见达娃和嘎玛的身影，更听不见他们的任何声音。哨长何海斌蹲在雪地发愁，他给自己点燃一支烟，燃烧思绪。这时，没事就爱溜到恶狼沟探险的戴星发话了："他俩会不会误闯进了恶狼沟？"

恶狼沟，在喜马拉雅被称作"生命禁区的禁区"。那里怪石嶙峋，风一吹，便发出怪声怪气，雪一下，怪事就数不胜数了。曾有外国的科考者在文章中写道在那里发现了野人的脚印，当然他们发现更多的是狼群在那里大大咧咧地走猫步。

"如果他俩真的在恶狼沟，麻烦就大了。"何海斌踏灭了烟火，立即命令大家振作精神向前方八百米处的恶狼沟进发。

"哨长莫急，这通往恶狼沟的路全是羊肠小道，大家用绳子捆在一起才能走。"戟星说话的嘴在雪花中不停嚅动。

来不及犹豫，救命要紧，凌晨1点整，漫天的雪好像准时停止了飞翔，他们用背包绳结在一起，以人捆着人的方式，一步步向恶狼沟挺进。一步，两步，雪没入他们的膝盖，每迈一步甚至比登珠峰的勇士还要艰难，大家的步伐一个也不能快，一个也不能慢，五个人必须步调一致，走几步路，又停下来喘息，然后再走。当他们把脚步停在绝地恶狼沟的一瞬间，眼前的情景不禁让大家倒吸了一口冷气：只见达娃和嘎玛抱着一只羊羔躲在乱石和耸立的一堆牛角之间。在雪光的反照下，达娃睁大眼睛不停地向外张望，她似乎意识到有人救他们来了，但她绝对没有意识到周围一百多只狼正虎视眈眈地朝着他们的位置聚拢，那一双双带着绿光的眼睛，像夏夜里飞舞在喜马拉雅的萤火虫，忽明忽暗，让人浑身起鸡皮疙瘩，恍惚间，有一场令人窒息的厮杀就将在这里上演。

张强抖动双脚重新调整了背包绳与各人的长短位置，何飞颤巍巍的手把水壶悄然递给了达娃和嘎玛，并示意姐弟俩千万不能说话。此时，整个世界都是无声的，只有那只小羊羔吮吸着水壶里温暖甜蜜的甘泉，它像一个神灵的生命，感动着世界所有的眼光……何海斌看着它，眨了一下眼，然后向战友们暗示地点了点头，迅速布下五角星阵。就在狼群们虎视眈眈接近达娃和嘎玛的千钧一发之际，五根绳子上的五个人忽然连成一个五角星，笼罩在达娃和嘎玛的上空，然后他们同时发出比狼嚎更恐怖的鬼叫声，向着五个方向冲出去，五捧雪像五包蒙汗药一齐向着夜空中游游荡荡的"萤火虫"飘洒过去，紧接着，五道电光旋转交织直奔混乱中的狼群。

恶狼沟顿时成了一片兵荒马乱的疆场。

狼群相互撞在一起，被吓得逃之夭夭。

闪闪发光的萤火虫在黑暗中悄然坠落。

此时，达娃和嘎玛是幸福的。那个挎在肩上的军用水壶，那只咩咩叫着羊羔，嘎玛拉着姐姐达娃的手在夜色里欢快地走着。天边出现了几颗星星，越来越亮，走着走着，恍若白天，白雪像软软的地毯，达娃和嘎玛发出银铃般的笑声，他们背后站立的金珠玛像是打了胜仗，脸上的喜悦比谁都开心，他们向着星星走去，最亮的那颗星星下面就是哨所。

"哨长，你是怎么想出利用五角星阵对付狼群的呢？"高宇拍着何海斌的肩膀问。

"我想这得感谢金庸老先生了。他那些武侠小说不仅陪我度过了寂寞的日夜，还让我学会了这阵那阵，五角星阵纯属潜移默化的自我发明,我想狼群一定是被我们迷惑了。"何海斌说。

"哨长,你真是急中生智呀,多教几招给我们,以后也好防身逃命呀。"张强说。

"面对狼群多的时候,这五角星阵还比较适用,可遇到单只的狡猾的狼,就不能用这些花招了。"何海斌似乎对喜马拉雅的狼很有研究。

"那用什么招?你说。"何飞迫切希望哨长能传授点儿绝招。

"得视情况而定。有些狼,你也不必把它逼急了,否则事与愿违,让你吃不了兜着走。"何海斌胸有成竹,他的脑海里仿佛全被狼占据。

"不好了,金珠玛,不好了,水壶,水壶,被大灰狼衔走了。"跑在前面的达娃回过头一边跑,一边大声地嚷。

五个金珠玛朝着达娃的方向犹如从天而降的天兵飞沙走石般赶到,可惜那只老狼只留了一个妖娆的背影给他们。

戟星愤怒着,咬了咬嘴唇,风似的追了出去。

何海斌手一挥:"且慢,且慢,就让它去吧。这是老狼报仇雪恨的一种方式,我们不要上它挑衅的当就好了。"

何飞和张强正要说什么,可最终什么也没说出来,一句话修复了几个哨兵容易被狼性爆破的心。他们继续走着,走着,走着,天空忽然很蓝,前面的地平线在倾斜,像蓝色的海,海边伫立着那么多雪人,戟星说,快呀,你们快来呀,他说他还看见了一只红狐在舞蹈……

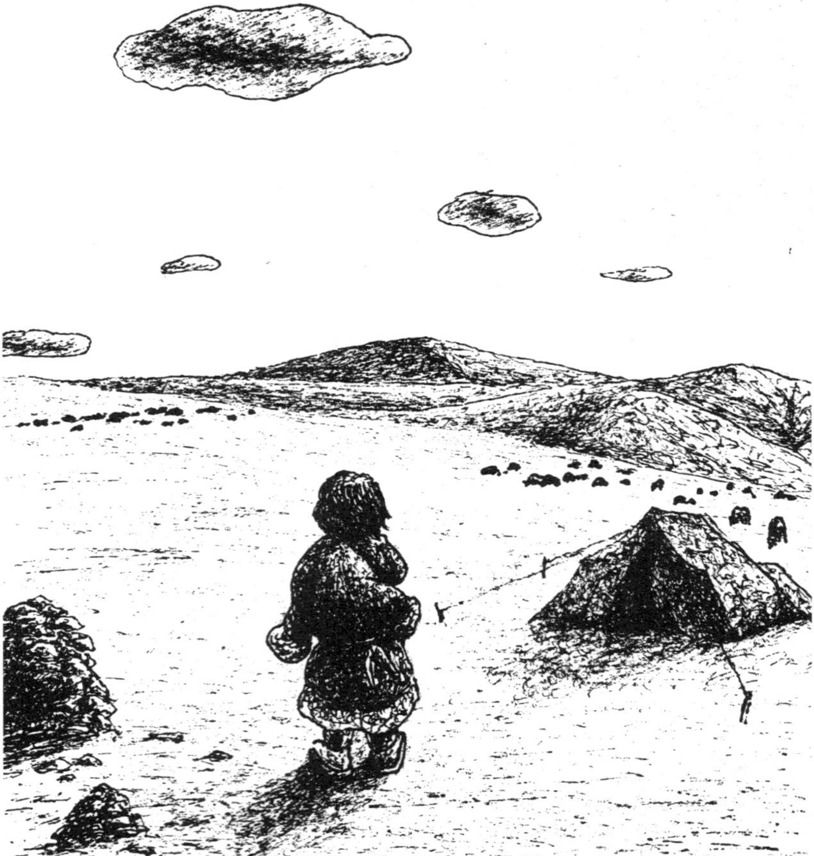

木碗里盛满故事

在中印边境线上的玉麦乡，我怎么也没想到，桑杰曲巴那么大一把年纪了，居然会同一个年轻人打赌：藏獒不一定比狼厉害。

可是我看到的报道都宣称藏獒比狼厉害得多。

那纯属误会。一位老乡长，在大漠落日下，一边燃起柴火煮酥油茶，一边自信地对我说。大漠的一侧是原始森林，森林之上是茫茫雪峰，雪峰的背面就是印度。如今，老乡长已退休多年，依然坚持一边巡逻边境，一边放牧，默默地过着自己的生活。他说他与狼打交道比狗还多。在西藏，藏族人说的狗往往指藏獒。

我说，不对，绝对不可能啊。怎么电视上告诉人们的都是狼打不过藏獒呢？

我可没看过电视，也不知道电视是个什么东西。桑杰曲巴不屑的样子让我想起美国"反电视协会"成员的面孔。我只见过比藏獒厉害的狼。沙漠和森林交界地方出没的狼。他的手，指向柴烟飘过的那道边境线。那是我同你差不多年轻的时候啦……桑杰曲巴舒展胸膛，仰起头，将三口才能喝完的一碗酥油茶一口咽下。那只木碗在阳光下散发着油锃锃的光。

如果狼朝你追来了怎么办？

跑！我毫不犹豫地选择了这个字。

嘿嘿，你一个人跑得过狼的速度？即使你跑得过一只狼，那么你跑得过一群狼吗？记住，如果狼朝你追来，跑是没有用的。人的聪明，很多时候骗不过狼。你最好老老实实地停住脚步，静静地蹲下身，用最真诚的目光望着它，直到它的眼神也还你真诚，你就有救了。千万不要伤害它，更不要激怒它，毕竟狼是群居动物，否则一只狼引来一群狼，你就更难办了！

你见过老狼带着小狼过冰河吗？

我用书本上学来的知识胡乱地应付他：当然见过，老狼一般都会把小狼叼在嘴里。

如果是一群小狼，老狼还会一只只地叼在嘴里过冰河吗？

我没多想，只肯定地点了点头。

不对。你要知道在任何时候，狼的心情都比藏獒急切，而且它对待自己的子女比藏獒以及很多动物更具责任心，它更加懂得野外生存的不容易。若有一群小狼，老狼绝不会一只只叼在嘴里带过冰河去,因为它怕在冰河里游的时候,留在岸边的子女会发生意外。记得那次我毫不费力地捡回了一头野驴。那是母狼伙同一只公狼活活咬死的野驴,母狼把野驴的胃吹足了气,再用细密的牙齿牢牢缝住创口,让它胀鼓鼓好似一只皮筏。它把五只小狼全部托运在上面,借着那"皮筏"的浮力,就这样让全家安全地渡过了正在解冻的冰河。

我惊讶,这雪域高原竟有这么聪明的狼呵?

是聪明,但这不算什么,智慧的狼在后面呢。桑杰曲巴胸有成竹地说。有一次,我遇到过一只带着八只小崽的母狼,而且浑身雪白。它跑得不快,因为要让后面的小狼步调一致。我和狼的距离渐渐缩短,狼妈妈转头向一座巨大的沙丘跑去。我十分明白,通常狼在危急时,会在草木茂盛处兜圈子,借复杂地形,迷惑人类的眼睛,然后伺机脱逃。而人一旦跑上坡顶,狼就彻底暴露无遗,狼虽然跑得快,但狼的生命危险性却也相当大。

我突然停住了脚步。这是一只奇怪的狼,难道它是把我当猎人了吗?我这样想着,慢慢地就在沙丘上坐了下来。而那只狼还在我的视线里拼命地跑。它是渴望我去追它吗?真有意思。这边境线上的狼,我见得多了。当时顾不得多想,我站起身就要开始往回走,没把那只狼放在眼里。哪知那狼却把我放在了眼里，它朝我的方向折返回来。那是我迄今见过的最不怕人的一只狼，不知它从哪里获悉了我的气味，就像尾随我身后的一只藏獒。莫非它对我了如指掌，早就知道我不会伤害它？到太阳下山，它也没有离开的意思，我走到哪里，狼就跟到哪里。

忽然，我的藏獒出现在山口，它迎接我来了。狼看见藏獒，调转头，像一支箭射向远处的地平线。藏獒向着狼消失的地方气呼呼地追去，任凭我怎么呼喊都无济于事。我想这回完了，一场免不了的恶战将在狼与藏獒之间展开。（听到这里，我忍不住想打断桑杰曲巴，可几次都失败了。）发生这种事，谁也劝不住。我向着狼和藏獒搏杀的地方匆匆赶去，一边走一边想，这真是一只不可思议的狼，它为什么要跟着我呢？已经快走到森林尽头了，山风吹来，黄沙漫卷，我终于发现它们已经决战到了悬壁崖边，血迹淌了一地，分不清是狼的血，还是藏獒的血。都四十分钟过去了，它俩依然不分胜负，彼此的撕咬还在继续。为了不让任何一方死亡，我想了一个办法，决定向着空中鸣枪，驱散它俩的仇恨。当我将手在嘴边哈了一口热气，准备扣动扳机的瞬间，不远的漫坡上出现了狼，像八朵巨大的雪莲含苞待放。（我的表情无比惊讶，但我屏住了呼吸，一刻也不愿打断桑杰曲巴的话。）

我跑过去，顿时愣在那儿，不敢动，你猜我看到了什么？除了那八只小狼崽正在朝此边的战场赶来，在距离不到五米的陡坡处，还有一群威风凛凛的狼正嗅着血迹寻来。狼的团队意识太出乎我意料了，一只藏獒怎是一群狼的对手？眼看，所有的狼即将包围藏獒，我顿时满面羞愧得无地自容，可我救不了藏獒，但我绝对不能让我的藏獒死得太惨，便很快想出一个反败为胜的办法。

为了拖延狼的速度，我先朝着天空鸣了三枪，当狼群意识到不妙，正准备群攻藏獒时，我当机立断将子弹射向藏獒。

狼群见此情景，纷纷退场而去。

这下终于轮到我发言了：桑杰曲巴老人，你怎么不射死那只与藏獒相拼的狼？那可是你的藏獒，你的护身卫士呀！

不，不，我绝对不能这么干。首先我不是猎人，我还要在这边境线上一直巡逻，我不能树敌太多，我相信我眼中的那只狼，它一定是想与我示好。那件事，让我想了很多，那狼一定是想告诉我，让我的藏獒千万不要伤害它的八个孩子。

如果我直接将子弹射向狼，后果一定不敢想，那么多狼会放过我吗？你让我在狼面前怎么办？虽然我是一个带枪的人，但我不能随便乱开枪呀，尤其是面对狼群。只要错开一枪，我一定会死得很惨，我想选择维护一种和谐。

和谐？人与狼能和谐？藏獒与狼和谐？这不太可能吧？

年轻人，假如灾难将要降临，你能有这只狼的智慧保护你和你的亲人吗？我想，至少我不能。只可惜我年岁大了才明白这样的道理啊，我应该感谢那只狼，是它教会了我如何在危险地带改变生存的气场。当然，使我改变想法的主要原因是那八只小狼崽，看上去刚刚长毛不久，行动也不太利索，但它们却在关键时刻，把生的希望交给母狼，对此，我的心境变得尤其复杂。母狼为了它的八个孩子，将面子和尊严统统放下，想方设法与人周旋，如果不是藏獒的出现，它一定会带上孩子们一直把我送回家。所以，我宁肯牺牲自己的藏獒，对那狼我万万下不了手啊。

月亮，像是围上了哈达，在夜空中变幻成一座朦胧的佛影，渐渐升高，升到我想象力无法到达的地方……

望着桑杰曲巴手中盛满酥油茶的木碗，我像是饮尽了他的那份孤独和骄傲，不再与他较真。

虽然我没有亲眼看到狼与藏獒的搏斗，但我看见过人类把藏獒训练得如蠢蠢的狗——生活安逸的狗，衣食无忧的狗，牛高马大的狗，貌似尊贵的狗，缺乏精神和灵魂的狗，好吃懒做的狗。我没有想过，如果把一只狼交给一个人驯服，这其实是一件很不和谐的事情。狼，只可能生活在远离人群的地方，储思积忧。如果选择单挑，单条的藏獒与单只的狼难分胜负，这就是桑杰曲巴迫切希望告诉我的，他让我不要轻信所谓的藏獒比狼厉害的传言，任何时候，在场者的发言都不会输给不在场的理论者。

蘑菇云

我听说那只狼的时候，是在经过一个少校办公室的窗前。平时脸上很少有笑容的少校把狼的事情讲得比小说更有意思。毕竟是陈年的旧事。他一边讲，一边在旋转椅上哈哈大笑。仿佛那间面积不大的办公室也在随他摇晃的身体旋转。有几个歪斜在沙发上的人伸手到模糊的空气中去接少校甩出的过滤嘴香烟，没接着。他们只好躬下身，到茶几底下去捡。然后，他们相互点火。相互开怀大笑。冒着白气的笑声驱不散满屋子弥漫的烟雾。窗外，太阳折射的光芒打湿了玻璃和露珠，不经意催开了几盆花草的笑脸。

真的，很可笑。狼也会碰到比人更坏的境遇。

本来我也想笑笑的，可冷空气钻进脖子，手心搓了搓手背，怎么也笑不出声来。也许那样的一只狼，它的命运于我这样的人根本就不可能一笑了之。不过它的胆子也真够大的，大白天出来铤而走险。狼狈的家伙，你真是活该！我又想它应该是我在喜马拉雅十多年来所接触的那么多狼中最倒霉的一只了吧。

秋深了，叶子该黄的都黄了。一场又一场的秋雨把藏地淋得格外潮湿。山间不分白天黑夜地飘浮着层层叠叠的云雾。森林里冒出了一朵朵像云一样的蘑菇。这期间，有个叫云的女人，常来森林里采蘑菇。云的脖子上有条色彩十分绚烂的印度纱。这种多彩的印度纱是藏地许多时髦女子的钟爱。晌午，山下采石的民工坐在阳光下打牌等着午饭。据说，他们多数是来自边远的云、贵、川等地方的农民。云在森林里围着那些蘑菇像一只玉兔蹦跳。突然，有谁从背后踅了过来，用力地拉住了她飘在后颈的印度纱。出门在外的民工窝在一堆就好拿云寻开心，这是雨前雨后常有的事儿。

　　云缩紧脖子发话了："谁呀，谁谁谁？混蛋，这种要命的玩笑也敢开，太不像话了。"背后无声，只感觉轻柔的印度纱将自己的脖子越勒越紧，疼死人了。云刚欲出声，则像被强大的力量锁了喉一样，心慌得快要窒息。仿若是神的引力，感觉如此神秘。她什么声音也喊不出来，就被这股神秘力量拖着走。幼年时，云在舞蹈学校修炼过舞蹈技艺，身体有很好的柔韧性。她的手终于松开了握得紧紧的篮子。一朵朵的蘑菇就此满山坡地跑。她顾不上那么多了，一个鹞子翻身，将溜尖尖的高跟鞋踢在了那个软乎乎家伙的鼻子上。血，在黑暗的鼻孔上滴溜溜转，迟迟不肯掉落。云首先看到了那条毛茸茸的尾巴像故乡南方乡间人家的扫帚，脑袋瓜子轰的一声巨响。完蛋了，怎么遇上那玩意儿了！这是一条狼。尖钩式的牙被质地优良的印度纱挂扯住了上下牙齿，拔不出来。这不仅阻挡了狼进一步下口，所幸的是还使狼没能一下子咬住云的喉管。于是，云和狼就在森林里开始了纠缠。那么多鲜嫩的蘑菇，碾碎了一地。面对如此娇嫩的美人肉，狼也无奈，进退两难。狼与一条印度纱像是舞台上的道具。狼拖着云在森林里不停滚动，让人感觉像是梅表姐要上吊。云也在努力摆脱狼。蜘蛛网衣服勒得皮肤好像刮了痧似的，满脸的蘑菇汁就像粉蒸肉。云左脚上的高跟鞋也不知掉到了什么地方，但她仍没停止挣脱狼。云左右来回滚动，速度快如闪电，像是在完成高难度的技巧展示……

　　开饭了。民工们目不转睛地围在高压锅旁。其中一个民工不停地扭转身子，往山上看。许多民工都同他一样扭转身子，往同一个方向看。如同往常，没有任何异样的声音。看来看去，他们就同时看到山上不断有蘑菇滚落下来。这简直是天上掉馅饼的好事呀。于是那个最初往山上看的民工丢下碗筷，先跑了。很快，其他民工也纷纷丢下碗筷，一窝蜂似的去抢蘑菇。真开心，这是他们在卧龙每天采石从没遇到过的好事！他们想捡到更多的蘑菇。几分钟光景，他们像猴子爬山，以飞一般的速度，钻进了山上的森林。忽然，从另一条小道赶上山的民工大惊失色,要命似的叫道:"�,狼,狼,狼呵狼……"

"云呀云,你看,那不是云吗?"他咧着尖尖的嘴,瘦长的门牙关不住风,一脸狐疑地盯着云。有人搬起了地上的石头,对准狼的脑壳。有人折断了粗壮的松枝,瞄准了狼的肚皮。还有人措手不及地将打火机摁燃。

"慢,小心伤着云。"他转眼,就地看了看,又补充一句:"等等,这狼不能死,要活的。"

于是,一群人怔在那里。他们仔细看了好久,没有发出任何声音。慢慢地,他们相互对视着,像是明白了怎么回事。然后,一拥而上,就地取材,用云脖子上的印度纱狠狠地将狼套住,就像狼命令云在地上乖乖地滚动那样。

此时的狼没有云在地上那么听话。它在挣扎、反抗,发出怪诞的叫声。

云站起身,长吁一口气,脖子被勒出了几道青黑。她咬牙切齿,指着狼:"打死它,你们快打死它呀!"

他又发话了。他对云摆摆手:"慢慢来,好戏还在后头。"于是,他们带着狼,像在战争中擒拿到俘虏那样风风光光下山了。

人们看狼,就像看公安人员突然抓获的一名罪犯。人越来越多，指指点点，义愤填膺，一会儿便围得水泄不通。狼被死死地套在了一根碗口大的木杆上。时而低头，时而抬头。脖子伸缩少了几分灵活。狼心里很不舒服。它像吃错了药，不知如何，表情才算自成一体。那条飘逸的印度纱也换成了锈迹斑斑的铁链子。此时，还有一些牧人从大老远的山坡不断赶来。他们谈论狼惊异的表情如雪粒般打在对方的脸上。双手抄起念珠的藏族老人睁大眼睛，蹲下身，要和狼比一回眼睛的大小。狼想躲避，可四周没有任何障碍物。那么多目光像不长眼的黄金棍抽打在狼身上。疼痛成了无形的电流，每一眼都可以击遍它的每一条神经。狼只好朝空中弹跳，可空中并没有梯子，狼恨自己不能像耳边的蚊子拥有翅膀。脚步，无法移动的脚步。眼睛，再也转不动山水的眼睛，里面站满了虎踞龙盘的人。空旷，大地空旷得在光天化日之下见不得人。

　　他拿出了刀。是哨兵紧握手中枪上的那种醒目的刺刀。外壳十分精致，足有一尺长。刀把上吊着一束红穗，红穗中间结有一颗亮锃锃的松耳石。有一个小男孩手里捏着散发出青稞面香的糌粑。小男孩歪着脑袋听大人们在小声地议论着狼的不是。小男孩不知狼到底怎么了？狼垂头丧气地看了小男孩一眼。

站在一旁的云，用手抚摸着伤痕肿胀的脖子，她被眼前将要上演的血肉横飞惊呆了！没有人过问她的疼痛。只有更多的人在不停地向她打听关于这只狼的来龙去脉。

山峰上的云朵，落得很低，直落到湛蓝的湖光里。天边有一只大鹰在盘旋，它嗅到空气中熟悉或陌生的味道了吗？整个世界仿佛凝固了一般。肃穆、庄严、阴森森。紧接着，一只黑漆漆的鸦从湖边飞过来，它在风中打翅乱飞。鸦的羽毛在阳光反射条件下把人的眼睛灼得有点虚晃。鸦悲怆的声音，是要吼醒藏在森林里的雪山吗？鸦，始终不肯落在木杆上。

他开始动手了。狼围着木杆开始胡乱地窜。正转反转，都没转出光明的前途。转来转去，都没转出他持着刀的目光。狼显然失去了方向感。狼想，我并没伤害你们的人，凭什么要置我于死地？真是羊肉没吃着，还惹一身骚。狼知道自己没有了正当防卫之力，一旦落入人的圈套，自由剥夺，便无处申诉。他的手把刀握得紧紧的，顺着狼转动的身体转了几圈，他是在想如何收拾这只想入非非的狼吗？当他向着狼转动的方向逆着转的时候，眼睛一不小心就瞟到了手中捏糌粑团的那个小男孩——他在人群中，一身闪亮的藏装英气逼人，漂亮的小毡靴子，深情的眸子里闪烁着湖水般明净的光芒，脖子上戴着一个青铜雕刻的小嘎乌，特别耀眼，体格健壮如草原上的小骑手。小男孩的目光不时地在狼身上搜索。小男孩究竟搜索到了什么，没有人知道。

小男孩局促不安地看着他那毫不留情、专注、布满血丝的目光，被阳光晒得黢黑、满是皱纹的脸，没有固定颜色和不成型的衣服。小男孩想靠近他。可他手上的刀太刺眼。小男孩立刻倒退了几步。谁也没有注意到，此时小男孩已经箭步冲过去了，一只手紧紧抓住他的衣襟，一只手狠狠地护住冰冷的刀背：

"阿古拉（叔叔），这只狼究竟犯了什么错？难道它只有死路一条吗？"

他犹豫了。他没有肯定地回答，只是缓慢地把眼睛从小男孩眼睛里移出来，扫荡了一眼周围的人群。然后，迅速摆过头，面朝小男孩低低地说："你不想看着它死在我刀下，对吗？好办，这好办，其实我也不想一刀就此置它于死地。"眨眼之间，小男孩手中的大团糌粑就飞到他手上。鸦发出了昏天黑地的叫声。紧接着，人们又看见了那条印度纱。它包裹着大团糌粑，被强迫塞进了狼的嘴里。狼很被动。小男孩不明白持着刀的他是怎么夺走自己手上糌粑的。小男孩听懂了他浓重的口音，但小男孩似乎难以知晓剧情的发展，这一招叫不让野兽的嘴巴和人类对话。闪亮的刺刀只要脱离了壳，便会凶相毕露。小男孩皱着眉，眯缝着眼睛。小男孩想不通这世界到底怎么了？此时的他停下来，揉了揉眼睛，吹了一口刀上的灰。刀锋瞬息万变。然后，他万箭穿心地看着狼。像一位心里有数的裁缝，又像一位技艺高超的解剖师。人们的眼睛只顾跟着他变幻莫测的手势转动，刀锋在狼的脊背上停停走走，三下五除二，他就将狼的衣服脱了个精光。

狼在几道寒光下犹如经历了一次"脱胎换骨"的转换——全身变白。白白的皮肤上，还带着身体的温热。

冷气流从白狼嘴边喷薄欲出。白狼嚎了几声，被风淹没。

小男孩一甩头，朝着苍茫的天空一眨眼，一滴泪珠儿染红了水中的云朵。小男孩无法替白狼说出疼痛。

狼终于挣脱了铁链子。

周围的人，一闪而空。

"快跑呀，快跑呀，白色的妖怪追上来了。"小男孩的声音惊动了一面湖水，划破了冻结的冰河。河边的水鸟扑打着坚硬的冰块飞起。小男孩冲在水鸟的最前面，所有的山峰和树木都跟着小男孩跑，男女老少都在小男孩挥动的双臂上飞跑。白狼的脚步声似乎很快就要踩破小男孩的心胆了。小男孩和所有人一直跟着山峰和树木在跑。跑着，跑着，小男孩跨过了山之脊,把人带出了狼的视线。

那么多人站在高高的云端,慢慢往下看——

有两个金珠玛(解放军)朝着他们的身影跑来:"跑啥,跑啥,你们跑啥呀,发生什么事了?"

"妖怪来了!白色的妖怪来了。"整个卧龙的山都回答着同一句话。

"妖怪,白色的?"年幼的金珠玛擦去满脸的汗珠,把枪往肩上一扛,将惊疑推向年长的金珠玛。

"这地方哪来妖怪?"年长的金珠玛看了年幼的金珠玛一眼。是去下山看个究竟?还是跑上云端寻问事情的真相?他俩用眼睛商量着。

白狼,孤零零地站在原处。一动不动。它望着奔跑的人群和山峰,茫然得不知自己身处哪一座星球?

那个叫云的女人跑了几步,又返回来了。她从他手中,要走了那一件完整的狼皮。她说那是她用生命换来的。从此,云把这作为心爱之物替代了那条溅血的印度纱。云看上去比普通的女人身上多了一种艳丽的妖气。细长的腿,红色的高跟鞋,流动的长发如洪水在白色的山峰间奔腾,走起路来像风中的苇草,东倒西歪地插进了那片若隐若现的红柳丛中。

他苦苦乞求云留下来,可云还是绝情地走了。当手中的刀"咣当"一声掉落在地,他看着云的背影,像白狼一般妖娆。他从嘴里抽出一支尚未结束寿命的烟蒂,气呼呼地甩在地上,用脚在上面使劲地踏了又踏。他从没发过那么大的火,踉跄着身子,拾起地上的刀,身后的一团民工纷纷把目光从白狼的身上收回。他侧过身,用刀尖指着他们:你们听着,谁敢再打我女人的主意,老子就让他像狼一样生不如死!

民工们纷纷将头缩进脖子,直到缩回那个黑暗的工棚里。

只有狼,停在那里。它扭了扭屁股,用口中冰冷的气息吹掉了滞留在脖子上的一根毛。它扬起头,看都不看人一眼。当两个金珠玛气喘吁吁地走到狼的背后时,狼似乎并没有发现他们。它也没有回头的意思,狼压根对人失去了信心,一副彻底目中无人的样子。

年幼的金珠玛第一眼与狼对视,吓得不禁倒退了几步。他俩不知这是从哪座星球跑出来的怪物。它怎么对人那么不屑一顾?年幼的金珠玛闪到年长的金珠玛身后,紧紧拽着他的衣襟,看都不敢看狼一眼。年长的金珠玛看着这么一只被剥过皮的狼,嘴角开始控制不住抽搐,像那些发老母猪疯的人,不停地厮磨着牙齿,口吐白沫。年幼的金珠玛躲在身后,探出脑袋,望着狼。狼的眼不经意闯进了他心眼里,他的身子不停打哆嗦。两个金珠玛在原地移动,像是中了邪。年长的金珠玛突然用肘一拐,将年幼的金珠玛拐出几步之远。

年幼的金珠玛胆小如鼠地一脚跳进路边的红柳丛。

年长的金珠玛眼睛仇视着狼,颤抖着手从地上拾起了那把带血的刺刀。

"等等,你要干什么?"年幼的金珠玛闪身冲过来,一把夺过年长金珠玛手中的刺刀。

"给我,你把刀还给我,我要亲手杀了这令人毛骨悚然的怪物,看见它我就忍不住想吐。"

"班长,上次在我遇到野牦牛袭击的时候,是你挺身救了我,这回,这回就让我来帮你解决这可恨之物吧。我知道你很恨狼,我们在这山上当了多少年兵,你就恨了多少年狼,要不是因为这可恨的狼,嫂子也该像其他人的家属一样来咱们哨所看望大家了,要不是因为这可恨的家伙,你和嫂子的小宝贝也可以在这满山的红柳丛中捉迷藏了!"

"别说了,快把刀给我!"说着,他从他手中猛地抢过刺刀,用力向着狼的胸侧刺去。

"班长,你快看——"

年长的金珠玛首先看见年幼金珠玛军装上的斑点。那是些红色的斑点。星星点点的,像行为艺术家挖空心思弄上去的油彩。他傻在那里,久久地琢磨这些斑点来自何方。狼在他身边躺着,脸色惨白,睁着眼睛。就在他将刀从狼的身体里抽出的一瞬间,血缓缓地冒出。他眼前出现了一个鲜红的伤口,那是本不该归她所有的伤口——在她的胸侧。他颤抖着身子,刀飞出很远很远,然后,单脚一跪,吐得泥土散发酒香,抬起头便看见年幼金珠玛让他快看的东西——红柳丛中,一只小狼崽正睁着明亮的小眼睛看着他们。

此时,山上有树叶在飘。笑声和惊呼声穿过飘飞的树叶斜落下来。一阵接一阵的笑声,像一朵一朵的蘑菇,一片一片的树叶把蘑菇轻轻地覆盖……

那个冬天,一只狼的话题驱走了我身体里所有的寒冷。当再次经过那间办公室,我再也没看见坐在里面的少校,只看见让我提起,就禁不住流泪的白狼。

少校讲完不久就走了,他去找狼还他的娃儿和婆娘去了。

而我还活着!

我始终躲在他和狼的背后。

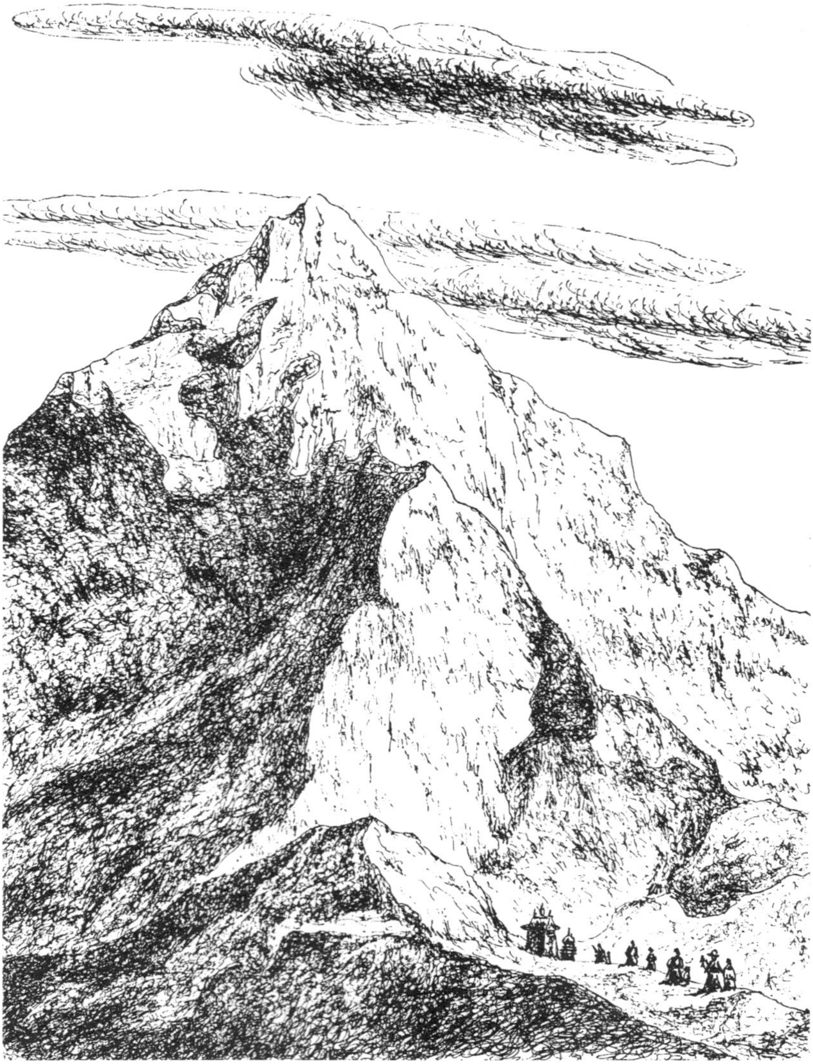

走出喜马拉雅

此时，雪花已经回归寂静的天空。

墨蓝墨蓝的夜空，泛出满天繁星，她们嬉皮笑脸地挤在喜马拉雅纵横的雪线上，像银链上缀着的水晶珠儿。半轮弯月，向唯色卓玛和让桑巴旦投下妩媚的笑脸。

唯色卓玛仰望苍穹里辉煌的银河，想象自己化作了一颗稍纵即逝的流星，脱去凡间尘离，自在翔游天界。猝然间，天边一颗彗星拖着长长的尾巴，悄悄沉落在旷野。真是奇怪，彗星陨落之处，闪起了一个幽蓝幽蓝的亮点，似火柴擦亮的瞬间。

"瞧……"让桑巴旦指着那亮点。

那亮点时隐时现，渐渐朝废弃的玛尼堆飘然而至。

唯色卓玛屏声息气，注视移动的亮点。一点，两点，三点……哦，四颗发绿的亮点，难道会是蓝狐？

"不，那可不是蓝狐，那是比蓝狐更聪明的精灵呢。"让桑巴旦说。

"啊——狼！"唯色卓玛惊讶地叫了一声。

没错，一对雪白的狼，正迈着幽灵般轻飘飘的步子，朝玛尼堆缓步走来。唯色卓玛立即被这不速之客慑住了……小时候,阿妈哄她入睡,总是用"狼来了"的故事让她闭上眼入眠,吓得她不敢睁开半只眼睛看阿妈的脸。都说狼是凶残的怪物。如今,它可能就要向他俩展开进攻,首先咬断唯色卓玛的喉管,接着撕裂让桑巴旦的肌肤,可怕极了,唯色卓玛真不敢再往下想了。

让桑巴旦发觉唯色卓玛惊恐的神态,连忙说只要不伤害它们,它们就会同我们和平共处的。唯色卓玛斜视让桑巴旦一眼,你开什么玩笑,狼就是狼,你以为你真是康巴汉子,就可以随便发善心,小心在草原上重演一幕沉重的悲剧。几天前,嫫拉(奶奶)听说了一个采蘑菇的小波姆(姑娘)被一只老狼一掌推下悬崖的惨剧,还警告我们没事千万不要乱跑呢。

"那你怎么还不听话,让全家人都在到处找你。阿妈都快为你担心死了呢。"让桑巴旦瞪大眼睛望着唯色卓玛。

白狼在前面二十米处突然站立不动了。它们并排站在一起,绿色的小眼睛盯着他俩望了一会儿。看得出,那是一只公狼和一只母狼。它们一定以为,眼前的少男少女跟它们一样,是一对偷跑出来的情侣。因此它们伸出粉红的长舌,向唯色卓玛与让桑巴旦频频发出"嚯嚯嚯"的声响,前腿不停地刨着虚土,还向他俩点头致敬。

它们不知道,今天是让桑巴旦在喜马拉雅群山中找到妹妹唯色卓玛的第三天,但他俩还没走出喜马拉雅。

片刻,白狼伏在斜坡上,相互依偎,相互舔着洁白的颈毛。慌乱之中,唯色卓玛赶紧从让桑巴旦身上取出打火机,撕下自己棉衣里的棉花点火,"啪"地点燃,朝着狼狠狠地扔了过去,火苗蹿起,在无风的旷野上无声无息。

狼看着白色的火苗,懊恼地望了望天,警觉地竖起耳朵,一声接一声地长啸,然后将毛茸茸的脸紧挨在一起,轻轻地摩擦着,一边目光灼灼地凝望着唯色卓玛和让桑巴旦。它们似乎质疑人类,在这个洋溢着爱的夜晚,为什么你们人类还要满怀仇恨敌意呢?但唯色卓玛和让桑巴旦读不懂狼的眼睛,其实它们随时都在向他们表示友好的对视呢。唯色卓玛从地上捡起玛尼石,朝它们扔过去,想要赶走它们。见此情景,健壮的公狼挡住稍瘦弱的母狼,扮演起守护神的角色。

"嗞嗞……"让桑巴旦满不在乎,看都不看狼一眼,居然从皮袋子里取出一大块风干牛肉,在微弱的火苗上烤起来。肉香诱得白狼伸出了长长的舌苔。唯色卓玛索性从让桑巴旦手中撕下一块肉扔到狼跟前,公狼叼起肉递到母狼嘴边,它俩跟不远处那对少男少女一样,慢条斯理地分享着难得的美味……

唯色卓玛一边盯着狼，一边故意一脚踢开火苗，不料，火苗像是找到了着火点，滋滋滋地越燃越大。原来离他们仅一步之遥的地方掩着一堆干牛粪。他俩趴在地上向火苗渐渐旺盛的地方移动了几步，热烘烘的火苗把他们的脸映得活力四射，红光满面。让桑巴旦一甩手脱了潮湿的上衣，黑色的肌肤在火苗的映照下颇具立体感，在火焰与星光的投映下仿若一位健美的骑手。

两只狼饱食之后，安详地伏在离他们不远的地方，绿眼睛里满含忧伤地望着他俩。它们在思考什么呢？也许火堆边的那对"情侣"让它们想起了美丽的遇见，偌大的喜马拉雅，需要怎样的机缘巧合才能走到一起啊。夜风吹来，母狼任公狼用长舌爱抚自己的脖子、前胸和背，流露出无比慰藉的神情。

让桑巴旦和唯色卓玛的目光双双从抚爱的精灵移向火苗，他们似乎想起了自己的心事，各自陷入无边的遐想之中。

"你还在怨恨阿妈吗？"让桑巴旦突然向唯色卓玛发问。

唯色卓玛望着滋滋燃烧的火堆，头埋得很低，好像没听到哥哥的问话。摇晃的火光使她美丽的脸蒙上一层神秘的面纱。

"当年我没考上内地西藏班的心情,与你现在一样。"他目不转睛地盯着她的脸。

让桑巴旦曾经私下对唯色卓玛谈过他的理想,就是走出喜马拉雅,去内地西藏班学习深造。让桑巴旦最大的爱好是唱歌,还在小学四年级时,他便学会了草原上百余首歌。那些歌有悲伤的,也有欢乐的,都是他跟着传承史诗《格萨尔王》的大人们学来的。因此,在故乡日喀则的红河谷边,有很多跟着让桑巴旦唱歌的孩子,他们都是让桑巴旦的粉丝。无奈,他并没有实现去内地西藏班圆梦的愿望,而是过早放下书本,成为草原上一个少年牧人。但他仍没放弃自己的歌唱,无论遇到高兴的事,还是悲伤的事,他都喜欢选择用歌声传达自己的心声。不管有人懂也好,无人懂也罢,他想唱就唱。这次部队文工团面向藏区特招小演员,因为妹妹唯色卓玛考上了,阿妈不同意她那么小就进文艺团体,担心她荒废学业。唯色卓玛一气之下就伤心地离家出走了。

"你还有机会,只是阿妈不愿你这么小就放弃文化知识,而专门去跳舞。"让桑巴旦一边与妹妹唯色卓玛解释,眼睛却望着草堆上那对调皮可爱的精灵。

"哥,阿妈为何不理解我?"唯色卓玛问。

"你理解阿妈多少,想过吗?"让桑巴旦从地上拾起一根枯草,朝那对精灵扔去。

"是,我不理解她,可她为何阻止我去当演员。是我不理解阿妈,还是阿妈不理解我。你知道我有多伤心吗?……"秘密一旦说出,唯色卓玛的脸更加潮红,抬头望着蓝得发慌的夜空,双脚在忐忑不安地颤动。她根本不敢朝两只白狼的地方看。

"阿妈对你期望很高。她更希望你去内地西藏班上学,将来走出西藏,走出喜马拉雅。"

"内地西藏班,你都没去,我还能去得成吗?哥你说?"唯色卓玛望着让桑巴旦。他嘴里衔着草,一屁股躺倒在地上。

"哥是没考上,你成绩好,不是问题。"让桑巴旦狠狠地将一块牛肉撕成了两半,一块扔给了狼,一块自己狼吞虎咽地嚼了起来。那只公狼走过来,看了看这对奇怪的"恋人",把肉叼了回去。它们似乎并不饿,像玩具一样用爪子拨弄着肉。

"哥,你,你为此难过吗?"唯色卓玛很气愤。眼前,狼吃饱了,还有另一个懂自己的伙伴陪伴,在这静静的旷野,做一只狼会多么幸福啊。

"我的悲伤无人能懂。"让桑巴旦在地上滚了一个圈。

唯色卓玛呆呆地望着那对玩着牦牛肉的狼,无言。她恍惚感觉有一缕风是从让桑巴旦的长袖里吹来的,风中她看不清他的泪水,风吹散了火苗,吹灭了星星之光,只剩下四只绿莹莹的亮点不灭。

让桑巴旦仰视天边的星痕,把剩下的牦牛肉全部扔给了绿色亮点,重重吐出一句:"爱,是有时你认为没有什么需要解释的,你懂吗,唯色卓玛。"

"解释?"唯色卓玛回过头,紧巴巴地盯着让桑巴旦。

让桑巴旦低着头,那目光像是穿越了苦痛的沼泽。他一个鲤鱼打挺,忽然站起身,向着黑夜深处跑去,很快又停了下来。然后,流着泪,跪倒在雪地上,对着天边忽然出没的星星大声唱:"你的谎言,是颗动情的眼泪,滴落的时候,就有玫瑰盛开……"

"哥哥,你别再唱了,小心眼前的白狼听不惯你的歌,报复我们。"唯色卓玛劝慰他。

让桑巴旦表达难过的方式总让唯色卓玛感觉他是在欢快歌唱,其实他只是在委屈自己。有时,他会控制不住地吼一声长调呀拉索,那苍凉悠远的歌声就是一首独特的牧歌,虽然有些悲伤的味儿,但依然入耳。让桑巴旦一脸伤感,对唯色卓玛的话不予理睬。一阵沉默之后,那对白狼又温驯地伏在土丘下深情地凝视他们。这对惆怅的人儿啊,世界这么荒凉，为什么还要流泪呢？是你们人类拒绝了幸福？还是幸福从来就不眷顾你们人类？

假若我顺利去了文工团，现在也穿上了漂亮的军装，假如让桑巴旦考上内地西藏班，我们兄妹俩此刻就不会在这里迷路了，我就可以像舞台上那群跳《洗衣歌》的舞蹈演员，把军民鱼水情的炽热情感镶嵌在人们永久的记忆之中。唯色卓玛隐约想起了舞蹈中的女主角小卓嘎。其实，唯色卓玛常常把自己幻化成小卓嘎在梦中舞蹈呢！

炽白恢宏的光与气在东方升腾。

"呀拉索，呀拉索，呀拉索……"

让桑巴旦情不自禁展开双臂，甩动他那一头粗大的麻花辫子，唱着一曲无词的歌。高亢明朗的声音，直奔如梦初醒的大地。他的声音越来越响亮，如同擦去斑驳锈迹的青铜。

唯色卓玛想逃却再也找不到方向，她回到了原地，轻轻地靠在哥哥让桑巴旦的臂弯里，在渐渐熄灭的火焰旁，像一只熟得透明的樱桃。

同他俩相处了一夜的那对白色精灵，在让桑巴旦粗野又欢快的歌声中终于向他们辞别了。两只白狼离开了玛尼堆，不时回眸凝视唯色卓玛和让桑巴旦，似乎很担忧这对少男少女的命运，她的理想还能实现吗？他还会为她唱歌吗？她会回到阿妈身边吗？将来，我们还会在喜马拉雅的某个夜晚相遇吗？

风从旷野轻轻走过，让桑巴旦和唯色卓玛也已经醒来，他们并肩站在一起，目送着它们渐渐远去。难道它俩是白花神昂雅朵布尔的化身，难道它俩真的同人类心心相通？也许都不是，而是因为他们身边有一堆旺盛的火？

唯色卓玛背起行装，让桑巴旦拉着她，沿着白狼的足迹，向着曙光走去。

遥望白狼消逝的地方，烟云过眼，瞬息万变。地平线摇来晃去，七色的雾笼罩了他们的视野。让桑巴旦说，白狼兴许化作八辐法轮化着八瓣莲花袅袅升空。这真是吉祥之兆啊！说完，他便双手合十，眼睛微闭，跪倒在雪地上。

唯色卓玛听得一头雾水。

"轰隆隆……"

地层深处闷雷般的巨响，世界在猛烈地颤动。陡壁崩溃，雪崩，气浪，飞沙走石，如潮奔涌，整个天空一片橘黄。让桑巴旦将唯色卓玛狠狠地按在地上，任凭风浪起，唯色卓玛欲挣脱，又被让桑巴旦强劲地按在地上。他用尽全力地对她吼道——冷静，只要冷静，我们就能走出喜马拉雅。

"不，不，不，哥，你冷静地活着是为了阿妈的笑脸。而我，而我心中积聚已久的梦已经碎了,你知道吗?为了能够穿上军装,成为金珠玛米,我悄悄放弃了去内地西藏班上学的机会,这是阿妈不知道的事情。为了那个梦,我天天不想回家,长时间不敢和阿妈说一句话,这一切都是为了我的梦!你明白吗,哥哥?"唯色卓玛的声音和颤抖的身体一起在呐喊,她感觉让桑巴旦的双手有股无限的神力捆住她的身子,生怕她挣脱他的魔力。其实,唯色卓玛根本不知哥哥让桑巴旦考取了内地西藏班,只因能为家里多增加一点儿收入,他欺骗阿妈说自己没通过录取。为了替阿妈分担生活压力,多给妹妹一点爱,让桑巴旦把自己藏得很深。也许他过早继承了雪崩中死去的阿爸对家庭那份担当之心吧!

半晌,一切又归于平静,白狼飘忽不定地向西移去……

高空中的云朵落下,迅即在雪山上变成了红色的光柱,射向遥远的天边。天地之间,出现缥缈若虚的城堞,时而是鳞次栉比的楼宇,耸立云天,时而是金碧辉映的宫殿,悬浮在彩虹之下,将他俩久久地吸引。

是海市蜃楼。

氤氲迷离的弧光,映出了白狼的影子,它俩化作了形如圣洁的神鹿飘向空中虚幻的城堞。

让桑巴旦忽然双膝跪在大地,面朝喜马拉雅,嚅动嘴唇,一阵咒语之后,站起身,向眼前的城堞念念有词——

"佛祖保佑!"

城堞像沐浴的仙女,转瞬即逝。让桑巴旦和唯色卓玛的眼里神采奕奕。他俩走过去,看到两行狼的足迹,一直延伸到天际处,交汇成一个"人"字。

前面就是青藏公路。

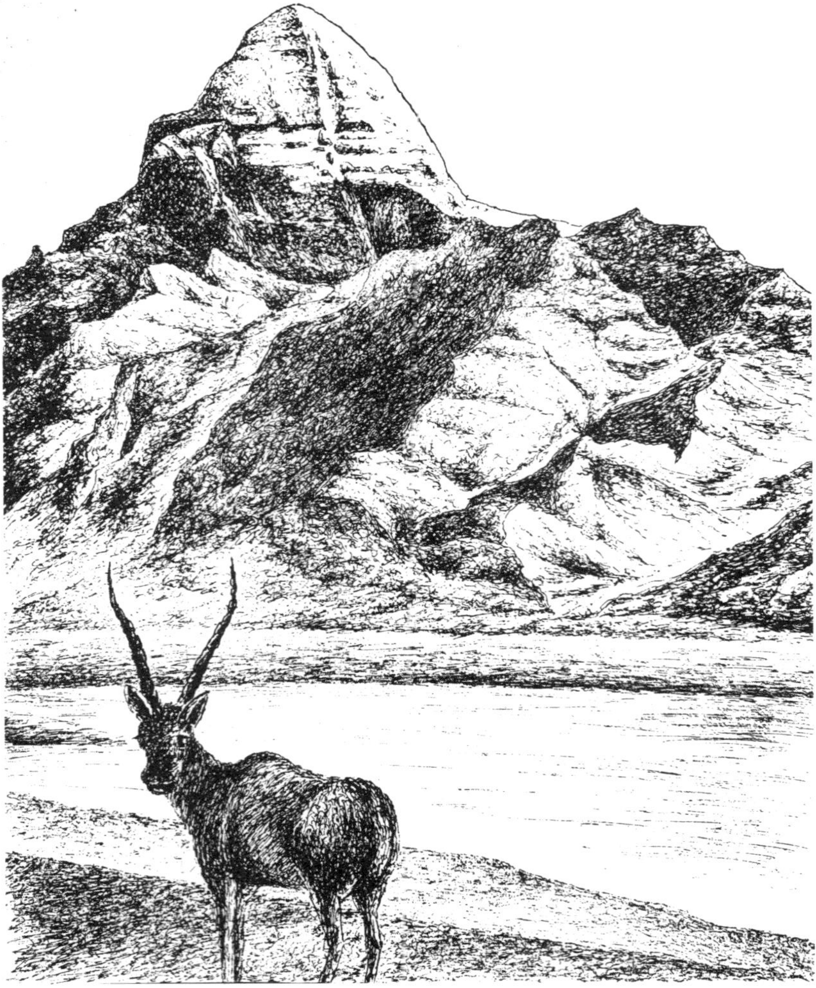

羚羊舞蹈

风过可可西里

仿佛一瞬间,我的耳朵里只剩下了风。我想看清那些掠过原野的藏羚羊,但又怕惊扰它们原已不安的内心。于是只好把脸扭转到另一边,生怕藏羚羊看见我的表情。尽管当时我闭上了眼睛,但我还是嗅到了风中血腥的味道。

在可可西里,我的皮肤感觉风是没有声音的,而所有的声音都是由风传递而出的,但我真的没有听到风的声音。

我想紧紧抓住风,可我抓住的只是风中的声音,它凄惨的叫嚷声穿过城市的月光,在楼宇间,像一支走调的歌谣。当我亲临可可西里,雪白的藏羚羊头颅,垒在历史的风口,把我的眼睛烫伤。

当眼睛在风中睁大,远远地看见"可可西里自然保护站"几个红字时,我还看到一排简单的白房子。这座在夜里产生过很多话题的白房子是我多年前在拉萨夜空下的小木屋里从西藏卫星广播中聆听到的,当时那些来自全国不同地方的志愿者正在建造它。如今我看到了这座为挽救藏羚羊生命而屹立在风中的自然保护站,想起许多年前一些志愿者在这里为藏羚羊的生命献出了生命,我的灵魂不禁随风而颤。

可可西里的风，犹豫不决，无孔不入，气势宏大，它在向一个远道而来者倾心诉说着可可西里的忧伤。

我一任风吹，吹去我的泪水。紧闭的双眼，内心的紧张，无法打开亡灵的春天。我在弹头里看见有的藏羚羊跑来跑去却无法跑出一场劫难。我知道它们怕我，我只好悄悄地选择风吹不乱的角度，将它们的悲伤统统收藏进我的世界。在风的背后，在远处的月光下，我知道比月亮更明亮的是藏羚羊的眼睛。多年以后，每当在黑夜里行走，那些擦亮"可可西里"这个名字的眼睛就成了照亮我文字的灯。

在风里，在风的阻力与推力下，我走近了一只受伤的藏羚羊。其实，我非常害怕见到藏羚羊。因为在那些枪声夜起的风里，藏羚羊对人影早已有了防备，而我的闯入或多或少对藏羚羊都是一种不可抗拒的惶恐。

我刚蹲下身，一个声音从高高的石堆里冒出来——"阿喷啦，阿喷啦（惊讶）。"

我看见一个美丽的藏族少女，她望着我，满是惶恐的脸上堆着仇恨。

我连忙问："小波姆（姑娘）啦，你在做什么？"

她回答："我的藏羚羊，我的藏羚羊在流血呵！"她把怀里抱着的一只幼小的藏羚羊给我看。我抚摸着那可怜的藏羚羊，它的眼睛在风中一眨一眨的，浑身都在抖动。但我丝毫没有发现藏羚羊那流血的伤口。虽然我听懂了少女说的汉语，但我想她一定还有一些表达不当的词，让我不明白她的意思。

没想到她见我不语，伸手扯住我的衣裳大声吼："血，血，血你有吗？"她捂住自己的胸口，突然跪在了我面前。

我嘘了一口气。这的确让我很惊讶，"血"，难道她指的不是藏羚羊在流血？可能她是说她的心在流血，可可西里在流血。

她坚硬的发丝被风吹得很弯，她耳边的九条小辫子已被风解散，她的声音在风中挣扎，风不可能将她吹倒，她的眼睛是高原天空纯粹的宝石，她在向我苦苦祈求："别再伤害羊了，好吗？"

看着她绝望的表情，我久久无言。耳边的风小口小口地吞噬着我想要说的话。沉寂的片刻，仿佛可可西里的心都停止了跳动……

我抱起脚下那只断腿的藏羚羊，踩着风的翅膀，越过可可西里那美丽的青山。

背后仍有风吹来，吹来诉说着藏羚羊和那美丽少女的哭泣声。

风过可可西里,风比草原寂寞——
我看到生命如此苍凉。
乘风而去的藏羚羊呵,你可听见一位持枪者的呐喊!

追

是一个黄昏。

东边太阳，西边雨。

这是罕见的太阳雨。

雨中夹着白生生的雪蛋子。

一辆像是从战争中突围而来的大卡车在风中的尘埃里爬行。车上的人蓬头垢面，有的像难民，有的像游客，有的戴着大墨镜，有的挎着相机。

只要翻过山脊，前面就可看见纳木错了。

这样的情景，仿佛是为一个即将展开的电视画面特意安排的。但在西藏的许多地方，这样的环境和场面却再自然不过了。小男孩记得很清楚，车子一直围绕着一座山在转，向上，再向上转。当时的天很暗很暗，暗得几乎要将世界万物吞没。车上的人渐渐停止了嘈杂的声音，有的感到头晕目眩，有的已经昏昏欲睡，有人开始在风中低低地呻吟，他们都在经历不同程度的高原反应。

只有小男孩的目光是清醒的。他睁大神采飞扬的眼睛锁定正前方——

大拐弯过了又是小拐弯。车子发出几声急促的鸣笛。就在车拐来拐去的颠簸中，不知何时，路边的山冈上出现了三头羚羊，两大一小，像三个飘然的倩影。

小男孩情不自禁地张大了嘴巴：美，真是太美了！

车上的人从男孩的声音中醒来了：哇，你们看，真是美啊！它们真是和谐的三口之家呀。噢，美丽的风景……

就在大家感慨万千的时候，蓝色的天宇仿佛眨了一下眼睛，时间下的皱纹像平整的土地。突然，枪声贯耳，响遏行云——

"砰——砰。"

小男孩眼睁睁地看着一头羚羊倒在血泊中，惊吓得吐出了舌头。车上的人迟缓又呆滞地瞪大了眼睛。然后，一阵喧哗和骚动。

小男孩不顾司机反对，纵身跳下车去，疯了似的抱起那只血染的羚羊。他的心在痛，比枪口下的羚羊更痛，他痛他不能替这只羚羊挨一颗子弹。

车上已经乱成一团。有人声嘶力竭地喊：是谁开的枪？要将那个坏人狠狠地收拾。

车很快又启动了。可谁也没想到，剩下的两头羚羊竟仰起头迅猛地追了上来。车开得很快，羚羊追得很慢，很慢。

看得出，它们的脚也伤得不轻，路上散落了一些血迹斑驳的蹄印。那只幼小的羚羊跑出几步，便停在原地上，它凄婉的声音越来越小。

小男孩背对着地上两只一大一小的羚羊，他的身子挤在众人中显得异常的高大，风卷走了他的太阳帽，他怀抱里受伤的羚羊好像睡得很香，很香。

那只奔跑的羚羊追了很远，很远，它最终绝望了，突然长嘶一声，调转头，跪倒在经幡飘摇的山口。幼小的那只羚羊在山口哭泣。它的声音被五彩经幡传得很远，很远。

小男孩不时地回头，张望着它们。他燃烧的眼睛钻进了羚羊跪拜的眼睛里。他内心的血在咆哮，风和雪把他和怀抱里的羚羊裹得很紧，很紧。

经幡的影子越来越模糊，山口的墓碑越来越远，羚羊呆望着男孩的眼睛，默默站起身，调转头，向四周望了望，然后，悻悻地、艰难地消失在了众山之上。

小男孩说他从没看见过那么悲伤的眼睛，像一枚血汪汪的落日。就在那一刻，日破西山红似血，当雪花渐渐远去的时候，风中有朵雨做的云，在天湖的纳木错上空缠绵悱恻。万道霞光普照大地。

小男孩猛地一甩头，泪珠儿叮咚一声掉了下来，像写在水面上的童话，那么晶莹，那么凝重，如同魔沼里凝固的一汪水银，那么那么那么的蓝……

这是我从纳木错归来的途中，听到的最后一个关于羚羊的故事。有时，我真想再去问问那个小男孩，你后来还看见过那只小羚羊和它的妈妈吗？

藏北雪

藏北。雪一直在下。

奶粉一样的雪。羊毛团一样的雪。不分白天黑夜一刻不停地下了十多天。难得深处雪中的人，一定会想象，那样的雪一定很壮观！雪，覆盖了山。覆盖了村庄。覆盖了路。覆盖了帐篷。覆盖了深谷、河流和湖泊。雪，把一座座独立的山峰连成一堵白色的、千篇一律又惊心动魄的冰冻的绝壁。绝壁后面是一望无际的大草原，曾经遥远又绿绿的大草原如今成了近在咫尺的白色的被单。当地政府和牧人望着那无限铺涨的被单，措手不及，愁眉苦脸。

那么多的牛羊在白色恐怖中相互咬光了身上的皮毛，也咬伤了牧人的眼睛和心灵。它们眼睁睁地望着自己的主人，然后绝望地倒下，排山倒海般慢镜头似的倒在风雪之中。

山上直溜溜的炊烟，就此一蹶不振。

民兵队长多吉终于艰难地背着老牧民洛桑从深雪的村庄里冲了出来，他大声地呼喊着："雪魔，漫天飞舞的雪魔呀，你停停，快停停吧！"

天际里，有个童话般的声音在呼喊："爷爷，等——等。"

这声音的声音里,还伴随着另一种既悦耳且让人心疼的天籁之声:"咩——"

朵朵怀抱着一只小羊羔,从厚厚的雪地里如羚羊过山冈般跳蹿着奔了过来。

他们好不容易挤在了一小块干净的地方。多吉把自己身上的军大衣脱下来,盖在了洛桑身上。

"朵朵,你在这里好好地看着爷爷啊。"

"多吉叔叔,你要去哪里?"

"我要再回村庄一趟,看看咱们村庄还有没人落下来。你要好好地陪着爷爷,叔叔很快就回来。"

"嗯!"朵朵望着多吉匆忙的背影,狠狠地点着头。可是,多吉刚步出几分钟又迅速地折了回来。朵朵睁大眼睛,十分意外。

"朵朵,别动,来,来,把这个糌粑拿着,等爷爷醒来,你就交给他吃呀。记住,千万别忘了!"

"嗯!"朵朵眨了眨眼,长长的睫毛上有雪絮在飞落。

"朵朵,真懂事。"多吉一边抚摸朵朵的头,一边转过身给洛桑爷爷盖大衣。然后,站起身,坚定地朝雪海深处的村庄奔去。

"咩——咩。"

朵朵小心翼翼地从藏袍里取出了小羊羔,将它放在地上,和爷爷紧挨在一起:"小羊羔,别叫了,多吉叔叔一会儿就回来了。"

"咩——咩——咩。"

此时,洛桑爷爷慢慢地从小羊羔的叫声中苏醒过来。

"朵朵,朵——朵。"

"爷爷,你醒过来了。"

"朵朵,爷爷怎么会躺在这里呀?"

"爷爷,你昏倒在雪天里好长时间了,是多吉叔叔带我们到这里来的。"

"多吉?那,那多吉他人呢?"

"他又回村庄救乡亲们去了。"

"哦,好大的雪呀,我胡子白了一大把,还是第一次见这么大的雪呀。"邋遢褴褛的洛桑抚弄着被雪黏滞在一起的胡须,眼神迷茫地望着白茫茫的村庄,他在想什么?

"爷爷,你吃这个。"朵朵手中扬起糌粑团:"这是多吉叔叔留给你吃的。"

"朵朵,真懂事。可爷爷不饿,爷爷一点也不饿,你留着自己吃好吗?"

"不,我不能吃。爷爷!"

"咩——咩——咩——咩。"

"为什么？朵朵。"

"多吉叔叔临走时，特别交代要让爷爷吃的。"朵朵一边说，一边盯着雪地上颤抖的小羊羔。话完，她轻轻蹲下身，紧紧地将小羊羔搂抱在怀里："听话，我可怜的小羊羔，你是冷了？还是饿了，怎么总是叫个没完没了？"

"朵朵，我看准是你的小羊羔饿了吧。"

"真的？爷爷,它真的是饿了吗？"朵朵四下张望了一眼，眼下一片水茫茫。草,草,草。到哪里才能找到一根草儿呢？她望着爷爷，表情陷入了可怜的绝望。"哎——"她很生气地噘着薄薄的小嘴唇，站起身，走了几步，然后自语道："小羊羔呀，小羊羔呀，你不要在这个大雪天离开朵朵好吗？"

"朵朵，真傻，你手里的糌粑团可以救小羊羔的呀！"

"糌粑团？"朵朵仔细地端详着手中的食物。

"是呀，你快喂小羊羔。你快呀！"

"不行，不行呀，爷爷你已经几天没吃东西了。"朵朵若有所思的跺着脚，不停地抽泣起来。

"朵朵，爷爷真的不饿，你就快快喂你的小羊羔吧。"

"不行，不行呀，多吉叔叔一定会责怪我的。"

"没事，朵朵，你就说是爷爷让你这么做的。"

"咩——咩——咩——咩——咩。"

"好了，好了，小羊羔，求求你别再叫了，你越叫，我越怕，我这就给你东西吃。"朵朵眼看着爷爷，掰了一小块糌粑，放进自己嘴里，咬碎，然后一点点送进小羊羔嘴里。

洛桑看着这一切，憨憨地微笑着，静静地闭上了眼睛。

"小羊羔，这糌粑一定很好吃吧？"朵朵一边用手掰着糌粑，不知不觉就将手中一大块糌粑送进了自己嘴里："嗯，真香，真香呀！"

"咩！"

"噢，噢，噢，我不是故意的，小羊羔，对不起，对不起。"朵朵用力地，尽可能地从嘴里吐出糌粑，无奈吐出的只是一团血。她紧紧地抱着小羊羔，空空的眼睛里装不下飞鹰和雪花，她慢慢地倒在了风雪中。

雪地上只剩下了一个微弱的声音："咩咩咩，咩咩咩。"

这个声音似乎很小，很小，像雪地下面冒着热气的草儿，仿佛有种潜在的力量在促使它坚定不移地向上，向着远方闯奔。是神速的风把它传到了天边边，是它驱散了那朵亮丽的祥云。祥云下面有一团迷彩很生动，很耀眼，像一朵神采奕奕的班锦梅朵——那是一个英武的少女。她肩上扛着一道横杠的列兵军衔。手臂上戴着红十字标记。她在倾听，在小羊羔的声音里匍匐，躲闪，转身，然后一个鲤鱼打挺跃起身子，直奔，前进。

此刻，草原上，雪花慢慢停止了歌唱。

少女在雪花落地的声音里箭步飞翔。

有一道光芒像长刀一样在雪山之间明明又暗暗。

少女伸出手抱起了那只奄奄一息的小羊羔。然后，抱起了朵朵。朵朵和小羊羔，躺在少女温暖的怀抱，像两个亲昵的玩具。少女搂着他们，显得无比喜悦、可爱，她从衣带里掏出两颗大白兔糖，各自送进了羊和朵朵的嘴里。朵朵慢慢地睁开了眼睛。同时，她也挣脱了少女的怀抱。

"还我，还我，你还我，还我的小羊羔。"

"嘻嘻，嘻嘻，嘻嘻。"少女微笑着，把羊羔递给了朵朵："波姆啦（小姑娘），我不是来抢你的小羊羔的，我们是来救援你们的解放军，快告诉我，你们的村庄还有多少人被大雪围困？他们都在哪里？"

"解放军？你就是爷爷常说起的金珠玛米。平时爷爷给我们讲故事，他总爱说的一句就是，我们牧民哪里有危险，金珠玛就出现在哪里。这下，我们真的有救了，有救了。爷爷，爷爷，金珠玛来了。爷爷，你醒醒，你快醒醒呀。"朵朵激动地呼喊起来。

她的声音把浓雾深锁的天空剁了一个窟窿。

金光闪闪的太阳从窟窿里涮涮地漏出来,粉了一脸雪山。

少女扶起了朵朵的爷爷。很沉,很沉。

他们搀扶着,步履蹒跚地向村庄挺进。

远处,几十号人紧缩在房顶上,一群人紧围着昏厥的多吉在念"玛尼"。

少女看着眼前的一切,双脚发软,怔在那里。她背上的洛桑爷爷在呻吟。

山上,有长龙一样的车队在咆哮,在雪泥中挣扎,蜿蜒,冻结。

朵朵放下手中的羊羔,不顾一切地向山坡上爬去,少女从她的身影中仿佛看见了传说中的天兵天将。

失去了方向的羊羔在雪地上狂乱尖叫:

"咩——咩——咩——咩——咩——咩。"

这一天,羊卓雍湖的阳光好得真是没法比喻。

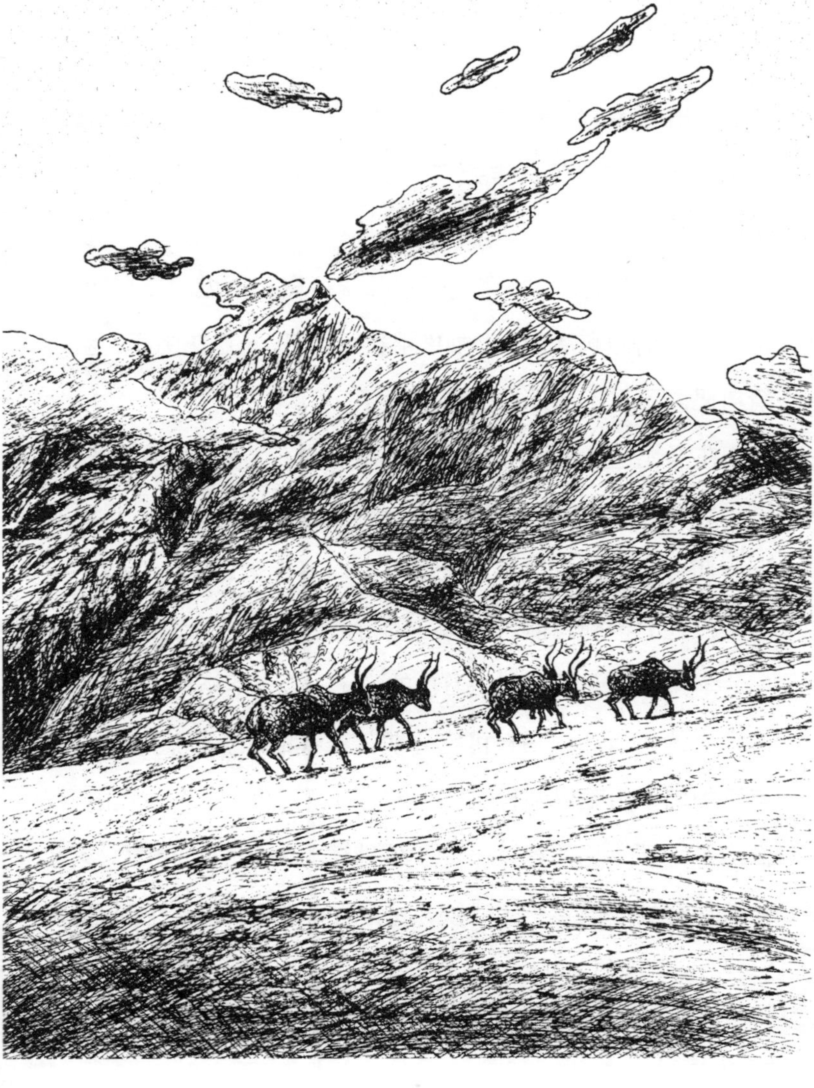

藏羚羊乐园

走出营房前,我摘下墨镜,突然想起了什么似的,转身回去找到枪支保管员申领了一支袖珍手枪上路。因为害怕,所以带枪。

阳光落在大地,被我的影子蹂躏得斑驳不堪。没有回头,始终感觉前面和后面有人如影随形。而我一直在中间,看不清自己。更看不清那些变形的影子。

在漫无边际的西藏,我的行走从没有特定的目的地。经过一座桥之后,我随意跳上了一列从拉萨出发的车,只要看到有切合我眼光的风景,我就下车。多年来,这几乎成了我行走藏地的一种习惯。遵从心的自然,从来不强迫自己。

车窗外出现了一座座白色的房子,给人圣洁遥远的感觉。但它真的圣洁遥远吗?可它分明就在我的眼皮子底下——白房子的墙上用藏汉两种文字写着"可可西里"四个血色的字。白房子里看不见的诱惑一刻不停地诱惑着我的眼和脚。车在河流拐弯处摇摇晃晃的时候,我趁所有人不注意,手提着包,纵身跳了下去。

背后有大风吹动的野草朝我猛烈地扑过来,像一个影子狠狠地给了我一掌。我忍着最疼的伤,慢慢回过头,车便加速消失在眼底。

可可西里一片寂静,看不见一个人影。所有的白房子都紧闭着铝皮子的门,自然保护站也空无一人。唯一的帐篷里,火堆旁也没有人。我学着牧人的方式,朝着天边,吼了几声充满酥油味的长调,却没有一个人出来。我猜大家是不是躲到九霄云外找外星人说话去了。

然而,这里其实是藏羚羊的乐园。黄昏降临时,许多藏羚羊走过草地,走过山冈,走过沼泽地,来到了帐篷周围。一座连一座的帐篷,看上去就像一座城堡。里面怎么一个人也没有?只看到藏羚羊:各色花纹、各色斑点、各种姿态、各种声音的藏羚羊。它们要比普通的羚羊高大得多,可它们终究还是藏羚羊。我看见这密密麻麻的一群又一群,足有五六百只,绵延两三里,心中开始狂乱,而我前面说到的影子也在我周围拥挤、零乱。转了几个圈,依然绕不开那些拙劣的影子,索性趴到帐篷顶上躲起来。我的心扑闪扑闪的,头顶的星星也在扑闪扑闪的。羚羊们轻车熟路,或是拉开布帘的窗子,或是坐在火堆旁,开始了各自的工作。没过多久,更多的藏羚羊来到这里,它们排着长队,从四面八方涌向帐篷,然后像朝圣者一样,围着帐篷一圈又一圈地转来转去,难道它们是在跳锅庄舞吗？接近天亮时，藏羚羊们成群结队地走过草地，走过山冈，走过沼泽地，各自回各自的地方去了。

天终于亮了，跃出地平线的太阳，如同一个滚动的血球。在血球滚过的地方，血浆一路喷洒，染红了可可西里。羚羊们的影子在红色的光芒里，一点一滴地模糊了。可可西里又回到了无人的状态。我从帐篷顶上小心翼翼地滑下来，走进帐篷。车在上午和傍晚之前，从两个极端的方向开来又开走，它们在擦肩而过的同时似乎有过停下的意思。只要我向着车挥舞手臂拦截，完全可以让火车停下来，那样我就可以离开这座令人战栗的城堡。然而我很不甘心。我拒绝不了可可西里的诱惑，这些在白天空荡荡的城堡，让我产生了想象不完的想象。我手中的枪是为那些猎獭的残杀藏羚羊的凶手准备的，我一直渴望深入这座城堡内部的真实景象。

第三天夜里，帐篷里有了不一样的动静。

"你真的不觉得有人的气味吗？"一只藏羚羊说。

"这么一说，我还真觉得这几天有一股怪味。"有藏羚羊抽动着鼻头赞同。"其实俺也感觉到啦，只是一直没说。"又有谁附和着。

"怪事，怪事呀，人是不可能到这儿来的呀。"有藏羚羊说。

"来了，来了，但人根本就来不了我们的城堡嘛。"

"不过，的确有那帮家伙的气味哟。"

"嘿，大家注意提防点儿为好！"

藏羚羊开始排兵布阵，分成营连排班，像敢死队一般，开始搜索城堡的每个角落，它们要排除有人存在的危险性。它们一个个警惕性很高，鼻子灵敏极了。没隔多少时间，它们便发现帐篷的帆布就是那股气味的来源。可它们始终找不到目标。我听见它们用坚硬的羊角搭建梯子，一排排的藏羚羊，有的跪着，有的站立着，它们的头都保持同一个姿势，向前深埋着，那一步一步紧逼的声音，像是从我瘦小的胸膛踩了过去。完蛋了，我想。藏羚羊们似乎因为人的气味极度兴奋，恨不得能尽快打击目标，消除不安。它们个头很大，肥肥的、壮壮的，那狭长锋利的羊角就是它们最有力的武器。莫非这座城堡是人类不可深入的场所？

如果真的被它们活捉，我不知它们会怎样处置我。不过，谁也不知道，当一个人发现了藏羚羊的秘密，藏羚羊还会让他完整无缺地离开吗？

我想这世上没有如此便宜的事情吧。

七八只藏羚羊趴上了帐篷顶，它们一边望天，一边努力地闻着气味，后面还有一列长队的藏羚羊在向上不断地攀缘。

"好怪呀。"其中一只微微抖动着长胡须，说"这，这，这这这，明明闻到了气味，却看不到人，哎——"

"的确奇怪。"另一只说，"总之，这儿一个人也没有。再去别的地方找找吧。"

"可是，这，这简直是奇怪极啦！"

于是，它们百思不得其解地离去了。藏羚羊们的脚步声顺着羊角组成的台阶向下，再向下，听上去有一种虎虎生风的感觉，直到它们消失在星星点亮天边的夜幕中。我终于松了口气，也有点儿诚惶诚恐。因为藏羚羊走了，那些影子并没有离开我，相反，它们把我包裹得更紧了。要知道，藏羚羊们和我是在流星眨眼的天空中相遇的，就像电视画面上的人与天使脸挨着脸，嘴挨着嘴，绝不可能错过。但不知为何，藏羚羊们似乎看不见我的身影。

在布满经幡的经杆上，在风中，我的确化成了一只鹰的影子。这是藏羚羊们产生错觉的人的影子。我抖动了手掌，在眼前晃了几下，看得清清楚楚，没有化为乌有。我的脚下就是黑棕色的帐篷。真不可思议！无论怎样，明早得去坐车，得坐上午最早的那趟车离开这儿。留在这里太危险了，谁都不能保证我一直能有这样的好运气。

然而，第二天上午那趟车没有在可可西里停留。甚至没有减速的意思，一眨眼就呼啸而过了，比一只受惊的鹰还仓皇。我呆呆地望着它一头朝着前方撞去的影子,我也跟着向前冲了几步,就停了下来。刚抬头,就连影子也不见了。我似乎看见那一个个人头涌动的窗前,有人用手指了指我。他们都在互相摇头,说不认识我。车也不认识我,它在那样绝情的黑色里,一刻不停,扬长而去!

我很绝望,车带不走人类的绝望。即使影子也无法带走。

黄昏再次降临。绛红色的草地上弥漫着枯荣的气息。味道越来越浓!似乎又到藏羚羊们来临的时刻了。我明白我彻底丧失了自己。当寒冷一点点伸入骨髓,我终于放大了瞳孔:这里根本不是什么可可西里城堡。这里是梦注定消失的地方,是梦为抓不住梦的人设计的城堡,不能在梦中久久停留的城堡,宛如海市蜃楼。

从此,车再也没有在我预想的地方停下来,我从原来那个世界消失了。留下的只有一前一后的影子。

雪线上的影子

鹰群离开天空之后,天空越来越荒芜。

德西梅朵决定带着她唯一的羊去遥远的拉萨朝圣。原本往年跟随德西梅朵去朝圣的是她的五个孩子和九百九十九头牦牛,可那场凶神恶煞的白灾带走了村庄的一切。在她绝望之际,是天边一只羊的叫声让她睁开了眼睛。

"咩——咩——咩!"

当人和羊的眼睛相遇,天空的颜色由白变黄。

身披雪花的羊从倾斜的地平线一头撞来,一个飞渡钻进德西梅朵的怀抱。德西梅朵瘦如麻秆的手抚摸着羊的头,泪珠儿滚得满脸潮湿。许久,她才抬起头望了望天边,那些黑暗中移动的云朵令她眉头紧锁。呵——嗻——啦,这百年不遇的大雪灾究竟还要带走多少生命呀,老恶魔,你该歇歇了,雪呀雪,你停停吧!

羊紧紧地依偎着德西梅朵,眼睛水汪汪的。

闪亮的阳光稀释了羊眼里苍茫的雪花与尘埃,也稀释了德西梅朵眼里的忧伤和惆怅。她的手轻轻拍打着羊的背,如同拍在一个受惊的孩子身上,她嘴里念念有词,可那分明是藏北歌谣里的词汇：羊呀，别怕，羊呀，别怕，羊呀，别怕，至少你还有我。

越来越小的雪花像安眠药一样让世界慢慢安静下来。

从此，这个藏北女人注定不能扔下一只羊，她再也扔不下它，因为那只羊看上去比她更老。其实她和羊在生命的年轮里还很年轻。经过长时间的犹豫之后，德西梅朵戴上花头巾，穿上厚厚的氆氇，戴上那些色彩刺目的珠链，还穿上了那双很久没有穿过的长藏靴，然后将一根红绳子套在羊的脖子上出发了。羊摇着下巴上那一撮长长的胡子，晃着脑袋，打着响鼻，显得特别忠厚可亲，似乎在和德西梅朵说，高兴，高兴，今儿真高兴，我们要去拉萨看布达拉宫了。德西梅朵看着羊高兴的劲儿，脸上也露出年轻的笑容。她随身带了奶渣和糌粑，准备路上吃。

山上的冰块在闪光，风在前面带路。

过了一座村庄，羊不停地东张西望。而德西梅朵只顾回头望村庄。她不知这一次朝圣何时归来。因为白灾，过去的许多路变得极为陌生。她疑问的目光似乎在问羊，我们要走哪条路才能通往拉萨？但过了一会儿，她好像又想明白了，一只羊怎么可能回答一个人的疑问？不过这条路和她过去带着孩子们赶着牦牛去拉萨朝圣的路相比，的确有些不同。那时，朝圣的路上充满了一家老小的欢乐，一条绵延五百里的路想起来就不远了。累了的时候，孩子们就在路边找几块石头垒在一起，再找一些干树枝，烧一壶滚烫的酥油，然后大家坐下来享受糌粑与阳光，同牦牛一起栖息大地。

可现在德西梅朵还在艰难的路上。对于拉萨，这一条看不到尽头的路想起来太过遥远，因为白灾严重地改变了她的记忆，更因为现在陪伴她身边的没有了孩子，也没有浩浩荡荡的牦牛，只有一只沉默的羊。一只羊与一个女人走在一条路上，这是何等的意象？草场上的草死过一次还没缓过气来，花儿也不知开到谁的草原上去了，村庄远近倒下的房子还没有重新站起来，湖泊里隆起的冰山也不再是她熟悉的景象。德西梅朵熟悉的永远是一路上迎风微笑的经幡，以及一路上那些桑烟飘摇的白塔。桑烟里有一张张菩萨的脸在朝着她微笑。德西梅朵也在微笑。她走着，走着，便走到一个高耸如山的垃圾场。里面不时钻出的野狗挡住了她的去向。所幸，羊头上锋利的角尖派上用场。那些浑身脏臭的狗在一身素洁的羊面前，显得极为落魄。

德西梅朵没给那些狗一点好脸色。

但天也没给德西梅朵好脸色，就在此刻，天忽然变脸了。天比德西梅朵看狗的脸更加难看起来。两块巨大的乌云从天边涌来，很快就盖满了德西梅朵的头顶。一股妖风从山侧吹来，风卷残云的垃圾场突然又冒出一群虎视眈眈的狗，直朝她和羊汪汪乱叫。一条接一条的狗，从垃圾场里窜出来，它们集结在一起，恍若动物园里成堆的狼群。羊在风中不时地弹跳起舞。天黑得像水墨丹青。德西梅朵蹲下身子，歪着脸观察天色，她以为是要下雨了，可没想到的是冰蛋子一下子打在她的眼睛和鼻子上。很快，似乎就在她站起身的一瞬间，冰蛋子就变成了网状的雪絮。

路上的世界纷纷扬扬。

德西梅朵在祖父的牧鞭下识得各种各样的雪天，但去年的那场雪已经堆满了她的回忆，回忆不仅带走了她还没断奶的孩子，还有她失散的牦牛和长须飘摇的祖父。大雪遮住了鹰的翅膀，天地顿时一片昏暗，一眨眼就分辨不清哪儿是道路，哪儿是村庄。寒风如冰凉的液体输入体内，疼痛难忍。通向拉萨的路本来就因去年的白灾改变了模样，刻进山体的冰蛋子仿佛是天空抛向大地的飞镖。德西梅朵找不着路了。转眼间又是风雪交加，使她分不清东西南北。寒气逼人，冷风透过氆氇直往她骨头里钻。

羊在前面带路，风带着羊在前方飞奔，好像羊并不在意雪天的变化。羊不知道这种天去拉萨意味着什么。但是当它的腿越来越深地陷进雪地时,它不时转过头来茫然地望着德西梅朵。德西梅朵的目光望着垃圾场发呆。羊那温和的眼神似乎在问:"好大的雪,我们怎么不住进垃圾场避害呢?"

德西梅朵对那些狗讲了一阵道理后,群狗们便慢慢停止了叫声。她希望能够遇见一位识路的热巴艺人,可是根本没有人打垃圾场经过。

雪越积越厚,大片大片的雪花受制于天空打着转儿落到羊的身上。德西梅朵面对这"前不着村,后不着店"的情况,她突然意识到垃圾场是一个可以用来避难的场所。冷风呼啸着,怒吼着,狂笑着,卷起雪堆在地上盘旋,犹如一个个白色小魔鬼准备偷袭人间。一股股白色粉末被风从地上掀起。羊开始咩咩咩乱叫,它再也走不动了。它被雪粘在那儿,蹄子好像已被雪固定在地里,它咩咩咩地叫了一连串,好像在恳求天空伸出一只手来拉它一把。冰柱挂在羊的白胡子上,羊角上结了一层白霜,发出亮光。

羊担心野狗会把德西梅朵吃了。

德西梅朵在雪中陷入进退两难的僵局,但她知道,如果找不到地方避一下风雪,她和羊都会冻死。这场风雪与往日的不同,来得特别猛烈。不到一个小时,雪已没过了山上的树梢,手冻僵了,脚也冻麻木了,她呼吸困难,风雪呛得她喘不过气来。她感到鼻子冻得发木，便抓了一把雪揉搓了一下鼻子。羊的呼救声听起来好像是在哭泣，它与如此信赖的德西梅朵看似相隔几步，但却因为彼此的无力变得十分遥远。德西梅朵开始乞求菩萨保佑无辜的羊，她双手合十，跪倒在地。

突然，她看到了什么，是雪地里那根拴羊的红绳子，她扑在雪地上，伸手去够羊绳。她把羊绳拽在手上，使劲地拉。羊一动不动。她纳闷羊怎么会在此刻不理她？难道羊一心只向往拉萨吗？羊在冻死之前，被德西梅朵拉了回来。她抱着羊，拼命地在垃圾场刨，像是为寻找一件丢失的宝贝，她终于刨出一个空间，钻了进去，她不能让羊死去。

德西梅朵紧紧地抱着羊，不停地喘气："有救了，我们有救了。"她费了好大的劲在垃圾场刨出一条通道。德西梅朵在村庄里有万亩草场，那是祖父最后留给她的遗产，她知道羊在冬季无草可吃时就会拣路边的纸屑吃。而垃圾场往往就是容易藏纸的地方，她摸到纸屑以后，替自己和羊掏出一个藏身的窝子。不管外边多么冷，纸屑里总是很暖和的，而且纸屑还有吸水的能力，纸也是羊爱吃的食。羊躺在德西梅朵怀里，身子瑟瑟发抖，眼睛半睁着。

大雪很快涌进了德西梅朵挖出的那条通道。她和山羊需要呼吸，而他们的栖身之地的空气太稀薄。德西梅朵透过纸屑和积雪钻了个窟窿，并小心地使这个通气道保持畅通。

羊在德西梅朵的体温里，慢慢地苏醒。它躺在她的大腿上，像一个孩子，好像又恢复了对德西梅朵的信赖。

德西梅朵吃了她带的奶渣和糌粑，感觉双乳很胀。她躺在山羊旁边，尽量舒服些，羊不时吻向德西梅朵，吻来吻去便吻到了她的胸脯。起初她很不习惯羊的吻，要知道白灾之前，这地方往往是留给她最小的孩子罗布次仁的。但她此刻没有动，似乎羊就是小小的罗布次仁。羊的嘴在她的胸脯上搜索。她急切地想起在她离开人世时是羊唤醒了她，是羊的声音把她从死亡边缘拉了回来。

挨着窟窿，德西梅朵看不清外面的世界，但她却拼命地从窟窿看出去，风呼呼地把一股股雪卷进来，又呼呼地将雪从窟窿里送出，她弄不清这到底是夜晚，还是白天。她闭上眼，念"唵嘛呢叭咪吽"，纸屑里不冷且有种干燥的味道。羊时而用头顶顶德西梅朵的胳肢窝，时而用身子擦擦她的手，最终又把嘴放在了德西梅朵的胸脯上。她的身体感受着羊的热能，羊紧紧地依偎吸吮着她的奶汁。德西梅朵的奶又浓又甜，羊和她简直就像一对"母子"。

德西梅朵嘴里念着罗布次仁的名字，手不停地抚摸着羊。她在和罗布次仁说话。

"次仁啦,你知道阿妈啦在朝圣路上遇到一场灾难了吗?"

羊回答:"咩。"

"如果我们错过这个垃圾场,我们可能就被雪带走了。"

羊回答:"咩。"

"如果雪一直下,我们就得在这里待下去。"

羊回答:"咩。"

"你这'咩咩'是什么意思呢?你可以再懂我一些吗?"德西梅朵自言自语道,"次仁啦,我知道你最懂阿妈啦的。"

羊回答:"咩,咩。"

"嗯哪,次仁啦,那你就'咩'吧,"德西梅朵耐心地说,"阿妈不怪你,次仁你还太小,你还不会说话,但我知道你懂阿妈啦。阿妈不能失去你,苍茫天地,至少我还有你,我的次仁啦,对吗?"

"咩。"

外面狂风一阵阵吹过。

德西梅朵瞌睡来了。她用纸屑扭结成一个枕头,枕在上面,打起盹来。此时,羊也睡着了。只是羊一直站着睡觉!

德西梅朵一觉醒来,睁开眼睛,弄不清是早晨还是夜里。世界忽然安静极了。冰凌封住了窟窿。她想把雪清除掉,但是当她把整个手臂伸直时,仍然没有够到外边。幸好,她从纸屑里摸到一根木柴,她用木柴朝外捅去,羊醒了,它也随着那根木柴的力量用羊角向积雪捅去。外边仍然一片漆黑。雪还在飘,像一尘轻薄的灰在空中飞,风在大地上行走,谁也听不见转经筒的声音,但德西梅朵先是听到了一种声音,然后是许多声音。那是风声中传递的狗的声音,这狗的声音像鬼笑一般充满阴森与魅惑。羊在恐慌中也发出奇异的叫声,德西梅朵向羊打招呼,羊仍以"咩"回答。是啊,羊的语言虽然只有一个字,但却代表着千言万语多重意思。羊现在好像在说:"我们必须接受上苍赐给我们的一切——灾难与温暖并存,饥饿与光明交替。"

说完,羊趴在纸堆里口吐白沫,似乎奄奄一息。

德西梅朵和羊在干草垛里待了一天两夜,她在这一天两夜里,一直在和次仁说话,她给羊供给奶汁,温暖羊的身体。羊的温顺让她感到安慰,她给羊讲了许多次仁的故事,羊总是竖起耳朵听着。她爱抚地拍拍羊,羊便舔她的手和脸。

羊"咩"一声,她知道这声音的意思是说:"阿妈啦,我离不开你。"

雪离开季节河的时候,风也缓和了。有时候,德西梅朵从窟窿里看着远去的雪,感到自己的一生好像从未离开过雪,大大小小的雪都是她生命中洁白的回忆，藏北给她最好和最坏的礼物除了雪还是雪，她从雪中来，到雪中去。雪把一个个孩子给她送来，又在雪中给她全部送走。最终她剩下大片枯萎的草场，什么也没有。她奔跑在雪中，披头散发，呼喊着雪的孩子——尼玛——达娃——琼结——央金——罗布，你们在雪的天堂都好吧。

垃圾场里安静极了，她的耳朵在寂静中嗡嗡作响。德西梅朵朝圣路上做的全是曾经在阳光下和孩子们去朝圣的梦。她梦见金碧辉煌的布达拉宫，格桑盛开的罗布林卡，清悠悠的拉萨河，八廓街上会歌唱的放生羊。她在路上飞奔，后面有疯狂的狗叫声追来，她蓦然回头，又从纸屑里刨开一条道，羊一下子从厚厚的纸屑里跳入地面。

世界早已不是原来的样子。

在这一天两夜里，一场悲催的地震摧毁了路上的风景，德西梅朵全然不知。或许，这一切羊知道。但，羊什么也不说，只用一个"咩"字表达世界所有的夜晚。羊在前面带路，风把羊的影子吹得有些缥缈，德西梅朵跟着羊的影子在雪线上走，走着，走着，天就亮了。蓝色的地平线上，月儿与太阳的心情总比翔鹰掠过的天空干净、唯美。

羚羊舞蹈

雨雪路滑，车辆慢行。

经过可可西里国家级自然保护区，看见路牌提示的同时，也看见了藏羚羊。不是孤单一只，而是一群，或一团，更远的地方，是一排排的羚羊在雪线上纵横。它们有的围成一个圆圈，有的走成一路搭马马架，望着它们，我会意地笑了，继而镇定自若道："快看，你们一路上都念着的藏羚羊出现了。"车上睡意蒙眬的人，忽然被"藏羚羊"三个字惊醒！透过雪蒙尘的车窗，那么多双眼睛，即刻被近距离的藏羚羊点亮。

只是藏羚羊并没有回应车上喧嚣的目光。它们在天地间，忘情，散漫，寻欢，我行我素。

车速越来越慢，窗外的藏羚羊越来越近。阳光早已被雪山堆积的寒气驱散，那么多长短镜头齐刷刷地对准藏羚羊，雪地像是一张被雪花扎染的宣纸，零乱的雪线增添了宣纸的质感，而羚羊就像天空落下的墨点，那么具有国画技法传递出的妙趣横生。尤其是它们投在雪地的影子，看上去如洗砚池里的倒影，深浅不一，错落均衡，处处是美。全然忘记了车上那么多追踪羚羊的目光，我忍不住用手机拍了一张。被尘世围困之人容易以喧嚣为富足，即使羚羊就在他们面前，也难以洞悉这高贵的精灵，非得让人准确地指给他们看，才会惊讶一声高呼——呀，真够温顺的——它们不怕我们吧——噢，好想抱一只在雪地里打滚……

当沙漠王子倏地碾过很远的路程之后，再拿出手机端详羚羊的表情，实在是太唯美了，比舞台上的演员专注，它们停在青草枯荣后的金色雪地，一动不动，仿佛是京剧里顾影自怜的旦角，生怕被阳光转过身偷走它们的表情，四肢轻盈又稳健地顶起一篷舒软的草垛。

灰中见黄的草垛是羚羊的颜色，比兔子毛硬一点，比中年男子的胡茬柔和一些，比贵妇身上的披巾更贵气。

我喜欢羚羊的专注，更喜欢在车窗前专注羚羊的那双静默的眼睛。那双眼睛适宜出现在西部公路电影镜头里，最好他一个人孤独驾驶的吉普车忽然没有了汽油，一筹莫展地伏在方向盘上惆怅、打呵欠，想抽烟却找不到打火机。忽然，虚空的远景出现飘荡回忆的雪雨路，漫长又凄寂。他缓慢打开车门，长长的风衣，一个特写手势，让他取下墨镜，眼里有一群羚羊在舞蹈，转念满世界的羚羊都在为他一个人舞蹈，因此，绝地的生机与希望，油然而生！

而此刻，照片里舞蹈的羚羊是没有外在那双眼睛参照的。它们完全沉浸在自己的天堂里，风是它们耳朵里流淌的音乐，雪是它们舞姿圣洁的布景，枯草是它们的金黄舞台，自然万物是钟情它们的观众。

它们专注，不在乎火车与旅人的存在，更不在意高处盘旋的鹰。尽管鹰一直在模仿它们的舞蹈动作，但它们依然神情自若，视而不见。

细想，青藏铁路刚开通那阵儿，很难看清一只羚羊的表情，更别奢望看到成群的羚羊舞蹈了。那时的羚羊听到火车的声音就东躲西藏，从这个山坡，跳窜到那个山坳，一路憋足了劲，头也不回，真担心它们喘息未定就倒在原地。而在火车开过可可西里之前的历史里，藏羚羊时刻面对的是一场场血腥的猎杀与惨叫，即使在白天，有的羚羊也被盗猎分子追杀跌进山崖、湖泊或沼泽地，再也无法活着舞蹈。对此，电影《可可西里》便有真实的反映。尽管在我至今看来，那部电影作品手法过于白描和单薄，缺少真正对青藏内部世界的情感积淀与开掘，但在当时仍不乏唤起人类拯救藏羚羊的迫切决心！

后来，很多志愿者因为这部电影，去了可可西里。他们用自己的行为方式，一步步探寻环境的秘密，用爱改善藏羚羊处境的同时,也靠近了更多未被人类发现的高原稀世之鸟。

  风不寂寞,雪不孤独,草不悲伤,山不冷艳,羚羊舞蹈,这绝不是舞剧追求的效果,重返现实的可可西里,这一切皆源于自然的复苏之美,也是一个写作者在车窗背后,长时间专注的一幅青藏高原水墨图。

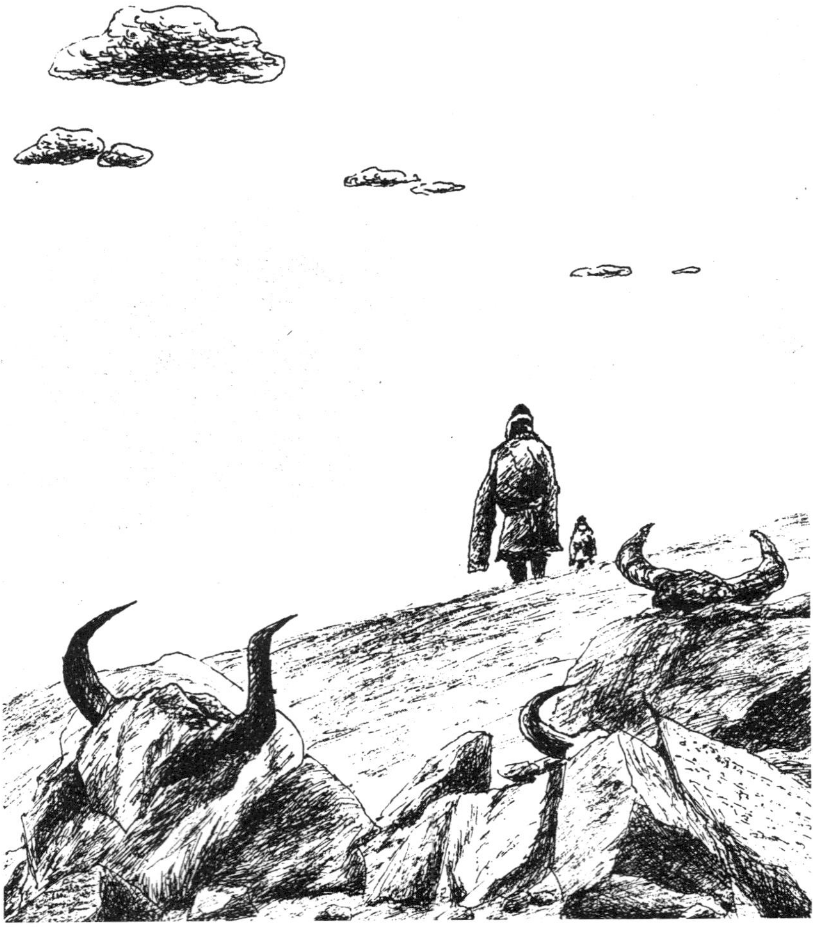

马牛 相声

拯救野马

那一年的多吉原始森林几乎没下几滴雨。

山下的小河干涸得不带一丝水,地里刚刚扬花的青稞也都旱死了。哨所附近牧民的奶牛不再产奶。这样严峻的气候已经让不少牧民陆续迁徙到更远的有水的区域,而山上的哨所只能在离太阳最近的地方被强烈的高温持续烧烤。当时,团部用两匹马驮水来救济我们,但每次的救济都少得可怜,几乎两匹马还在返回团部的路上,我们吃的水就已经只剩半个皮袋子了。为了维系驮马下次到来的日子,我们惜水如命,十天也舍不得用水洗一把脸。

十一天后,驮马依然没有来。哨所里最后一只装水的皮袋子像抽空了气的皮球。两天没沾一滴水的我和两个战友啃着干粮,站在距哨所不远的山口,盼望着驮马在山涧羊肠小道上现影。如果驮马再不来,我们仨将面临被活活渴死的危险。看着两张焦渴中被压缩干粮的细馍馍糊得带血丝的嘴唇,心急如焚的我终于下达命令——

上等兵李大傻和新兵郭小鬼留守哨所,哨长我亲自下山找水去。

半天后，我来到了山下一片空寂的村庄，只看见一个衣衫褴褛的小男孩，一瘸一拐地穿过风中的院门，朝多吉原始森林里走去。他的皮肤黑得泛紫，走路的姿态不像我所见过的小男孩那样轻松愉快，而是像黑白镜头里那个营养不良、头大腿细的小男孩，面对灾难给生存带来的不幸，一脸木然。我从他侧面看过去，他正圈着双手，好像正努力捧着什么重要的东西。我忍不住去跟踪他，看他究竟在做什么重要的事情。他显然不想让我发现他的行动，所以我跟踪得特别艰难。我看见他将双手捧在胸前，像我小时候在夜色里捧萤火虫那样形成一个碗的形状，脚步只能轻微地移动，我蹑手蹑脚地跟着他进了森林。

树枝和荆棘划过他凹凸不平的脸颊，但他并没有试图躲避。我从来没有见过一个小男孩如此认真地做一件事情。接下来，我看见一群严阵以待的野马若隐若现地站在他的前方，而小男孩正朝着它们义无反顾地走去。我突然有些紧张，想叫他赶紧闪开。眨眼之间，一匹狂妄的大野马朝着他靠近。我想这下完了，小男孩肯定会受伤。但这匹高大的野马一点儿也没有伤害他的意思。当小男孩蹲下身来的时候，它一动未动。这时，一匹卧倒在地的小野马，引起了我的注意。它正努力抬头舔小男孩手中的水！

我在心里惊呼:"呀!他哪里来的水啊?"

当小野马舔完水后,小男孩转过身风似的向家门口跑去。

我几步追上他,从兜里掏出一块压缩干粮送给他。小男孩怔怔地看了我一眼,眼睛可怜巴巴地盯住家门口。突然,我听到嘎吱一声,门被神速的阳光打开,里面走出来一个瘦得皮包骨的男人。我猜想那可能是小男孩的父亲。趁我不备,小男孩忽然启动脚步,百米冲刺般地朝着那个男人奔了过去,将我远远地甩在原地。更让我意外的是,那个满脸胡子的男人朝着我的方向看了一眼后悄悄地背过了身子,一棵树正好挡住他的背影。我挪动脚步,惊奇地发现小男孩蹲在那里小心地接着父亲身体里排出的尿液。那个男人的双眼布满了血丝。尿,像珍珠一滴一滴地聚集在小男孩的手上,炙热的阳光烘烤着他纤弱的背。

我渐渐明白了小男孩为什么避着我的原因。当他站起来准备开始新一轮的艰苦跋涉时,我走到了他的面前。小男孩的大眼睛里溢满了泪水,他朝着我委屈地嘟哝了一句:"金珠玛影(解放军叔叔),借我一滴水好吗?"

我抚摸着他的头,轻轻地说了一声:"小朋友,你真聪明。"于是便从森林里摘下一片野百合的叶子,背对阳光的影子将自己的水稀里哗啦地放进叶子卷成的筒筒里,然后加入小男孩的行动,并让他把手掌里的水一起倒进筒筒里。进入森林,我把水交给了小男孩,让他喂给野马喝。那个男人独自爬上了离我们不远的一棵树上。我一回头,看到了有生以来最感动的画面,他手持一片宽大的叶子,正弓着背抓紧时间放水,用尽全力地放水,哪怕只能挤出一滴,也要努力拯救野马的生命。当我的泪水从脸庞滑落到地上的时候,突然感觉地平线倾斜了一下。此时,天空中明媚的色彩已不知被谁的大手涂改得那么忧伤、暗淡,有许多水滴加入到了我的泪水中,眼看,碎裂的苍穹像是漏起雨来了。

牦老兵

在西南平原,我看见过一只被雪山抛弃的鹰。沾满血迹的爪子蹲在一座喧嚣的城市,垂着的头,时而也会无精打采地四处张望,在一块突兀的巨石上回首来时的路,在定格中寻找一丝生灵。看得出,它已竭尽全力,或许雪山才是它生命力的最得意之地,它是如此钟爱雪山啊!

连夜来,好梦噩梦一齐敲打着老兵的睡眠。梦中,他又回到了西藏,回到了拉萨,回到了牧歌悠扬的草原。那些曾经熟悉的雪山、青草、美丽的喇嘛庙却一改往日褐红色的面孔闪现在他向日葵图案的窗帘上,他辗转难眠。他手握钢枪站立在雪山上,好像被无限的雪铸成了一只神雕,注定要飞越黄昏……

这,便是梦,属于他一个人的梦吧。昨夜,喇嘛口中悠长的法号又将他从梦中唤出来,因为又一个梦。

凌晨三点,急促的电话铃声把他从梦中惊醒,心里嘀咕,这时候来电话,准没什么好事……他赶忙抓起电话,从雪山深处传来了哽咽的声音:"牦老兵,他去世啦,昨天,早晨九点……"

其实，电话里所说的牦老兵，是他们哨所的一头牦牛。当年部队进军西藏时，它便出色地完成过大量的运输任务，而今的青稞地、斗牛场里，它都充当着重要的角色。所谓的"老西藏精神"也许由此而来。他们开设哨所时，它倾出自己全部力量，为大家建立哨所担当着最繁重的运输任务；之后，他们哨所五个人的粮食、化水的冰块和燃烧用的干牛粪，全由它日日夜夜跋山涉水运上山巅。因此，他们格外青睐它，信任它。

而今，它去了，是为解决士兵们的燃眉之急去的。话筒里向他报告噩耗的是牦老兵最亲密的伙伴——吴洪。小吴哽哽咽咽地向他诉说了牦老兵去世的经过。按理说，此刻的他当用语言表达他极其悲痛的心情和哀悼。但是，此刻他紧闭双唇像一个说不出话的哑巴，心里有一千个想不通的理由，身强力壮的牦老兵怎么会就此匆匆？

老半天，吝啬的泪水才像断了线的珠子倾泻在他的面庞上，牦老兵的形象比以前任何时候更高大了。

那是九月的哨所，大雪已封山。

微弱的羊粪火已持续燃了一个星期，全哨所已没有半根火柴。照此下去，即便哨所只燃一炉长明火，燃料也难以维持到来年雪化开山的季节。士兵们一个个愁眉不展，在这青黄不接的紧要关头，牦老兵却勇敢地站了起来，与它一同出发的是它的主人小符。半个月后，小符抱着两大捆书信、衣服回来，而牦老兵却永远地留在了牧泉河。明天就是它的葬礼，他们打算将它安葬在它来时的那座雪山下面。

话筒里，悲悲戚戚的声音，他全读懂了。只是头脑阵阵晕眩。他含着热泪，积压在脑海里的往事一幕幕地呈现在眼前：每年开山的季节，士兵们总会与牦老兵话别，它却以自己固有的韧性投入到紧张的工作中，以示对士兵们的体贴和爱。不必问阿妈，也不必问打柴的少年郎，单是哨所里堆积如山的油盐粮柴，就足以看到它越冰川、趟急流、穿丛林的坎坷历程。

记得他到哨所上任哨长那年，所谓的哨所，无非是用几根枯枝搭成的小窝棚。年复一年，是牦老兵从山下不倦地为他们搬运无数的建筑材料，才有如今的哨所，它成了修建哨所的主力军。

那个夜晚，呼啦啦的大雪铺天盖地，风，嘶鸣得鬼哭狼嚎。牦老兵同士兵们冒雪而行。从团部到哨所，需要九天九夜的跋涉。牦老兵肩负的沉重铁皮被风，刮到了几十米外。在雪山怀抱里，士兵们是靠着牦老兵那不断散发着热能的躯体在茫茫雪海里挣扎，踏着没膝的积雪一步一步地向前移动……

有一年，士兵们的哨所被评为"金牌哨所"，牦老兵也戴上了光荣花。狂欢之时，牦老兵好像知道自己得到了奖赏，它在他周围蹦蹦跳跳，好像对他讲了些什么。他久久盯着它，不太明白它的意思。它的主人小符走来，轻轻抚摸它，它却发出"哞哞"叫声。小符好像听懂了它的语言，便对他说："牦老兵要把军功章带回大山去。"结果，牦老兵欣然向士兵们频频点头。于是，大家拿来一条哈达，为牦老兵系在脖子上，它立即欣喜若狂，向士兵们发出欢叫声。是呀，它也懂得自己获得荣誉呀！瞧，它迈着自豪的步子，向着它来时的雪山深处去了。

离开雪山的日子，作为牦老兵的哨长，他觉得有愧于那个难忘的九月。因为牦老兵从此远离了战友，离开了哨所。可是，牦老兵那种精神却会深深地埋在雪山深处，像小河清澈的激浪奔流不息地输进他的血脉！他对小吴说，别难过。你们要挺住，我很快就回来了！

他像风一样穿过梦醒的平原，徜徉在繁华的都市，跑过熙熙攘攘的人流，越过高低不平的栅栏，攀上了城市那座最高的楼群。他号啕大哭，像个孩子想起了牦老兵这个知心的战友，这个从不打针吃药的硬汉……他还记得在风起的夜晚牦老兵与狼搏斗的故事……他拼命地注视着他和他远在哨所的士兵们，极目遥望来时的雪山……

遥望，或许不是一种过错，而是一种美好的寄托。

是呀，雪，总是那样的洁白，山，更是那样的巍峨。

那个怀抱藏羚羊的少女在阳光下显得特别鲜艳和潮湿。

达拉之墓

一块墓碑。

在荒原与雪山之间。

后边,是一棵孤立的树。

碑文上写道:达拉之墓。

达拉是谁?在通往墨脱的边地——察隅旅行途中,我为墓碑上的名字停了下来。几个红色的字就像滴血的眼睛深深地凝望着你的眼睛,让人无法抽身而去。微凉的阳光像一道道光束从树枝间冷冷地砸到青岩石的墓碑上,一阵寒意顿时从头顶漫延到脚尖。我嘴里突然停止了树叶的吹奏,用手摸了摸茂盛的胡须,忽然感觉,疲惫不堪的夏天像一条在森林里缓慢移动的蟒蛇。

坐下来,坐在风的怀抱里。不经意间转过身,看到墓碑后面还有一排排细小的文字,死者原来不是一个人,而是一匹马。

一匹在恶战中殉职的马。

它是怎么死去的?继续往下看:

1999年,有两个步行去墨脱探奇的年轻人,行至这里,路越走越窄，下面是浩瀚森林，万丈深渊，江水滔天，几乎到了山穷水尽的地步。更为惊险的是狭窄的路面上布满了水渍，山上的积雪不断融化，流经这里，行走在上面的人稍不留神就会滑落深深的山谷。他们只好卸下肩上的物资，退回到一块平地上，愁眉不展，作短暂休息。这时，就在这时，不知从哪里钻出的一条大蟒蛇像猛虎捕食般地向他们袭来。尽管他们打着八路军式的绑腿，尽管他们拥有专业的探险装备把自己包裹得严严实实，但埋伏已久的蟒蛇依然所向披靡，一往无前地缠住了其中一人的身体。他尖叫了一声，再也说不出话来。这条蟒蛇足有碗口那么粗，对人的攻击力极强，它的目的是要先将人活活缠死，然后再一口一口地将人吞没掉。

很快一个身强力壮的年轻人便趴下了。

另一个坐在地上的人，吓得进退两难，不停地呼喊："救命！救命呀！"

这时，山下的牧马人闻声赶来。他见状大声惊呼道："快，快"，抬石头去砸蟒蛇。坐在地上的人慌忙起身，颤抖着双手和牧马人抬起一块沉重的石头，狠狠地向蟒蛇的头部砸去。蟒蛇神不知鬼不觉地将头猛然一收缩，尾巴绕出几个麻花圈，像一根有力的牧鞭打了一记响亮的脆响，两人顿时被铲到了几米之外，痛，痛不欲生，无法动弹，当场晕厥。

对于进出墨脱的人来说，察隅之路是一段惊心动魄的经历。多年以来，葬送性命者不计其数……

我伫立在一匹马的墓碑前，默然地读着这些碑文背后的生命故事。它们不是为了树碑立传，也不是要歌功颂德，只为延续生命化入的永恒。

也就是在那个年轻人即将被蟒蛇吞没的一瞬间，这匹名叫达拉的马出现了。它用右前蹄伸入蟒蛇的嘴，还死命地往蟒蛇的咽喉里钻！鲜血从蟒蛇的眼睛、脖子、肚皮上不停地往外涌出来，被困者获救了。

达拉作为这块土地上的"土著居民"，像素质过硬的特种兵一样，成功地袭击了人类的"入侵者"，让蟒蛇伤痕累累。一场苦战之后，不知为何，达拉随着太阳转身的一刹那，摔下悬崖，掉进滚滚河水中，当即殒命。

三个人，傻在那里，天黑也没离去。

他们决定，要在此地，为马立碑。

我越读越感觉故事生动，好像马的死亡并非凄惨，好像活着的人并非一片空茫。这样一想，心里很不平静，为马的壮举。

那个夏天，我在墓碑前流连一个下午后，穿过灌木和荒草,沿着马车轧过的小路,找到了那个牧马人。当时,他正手持注射器,给生病的小马驹打针治病。

告诉我,你那死去的马,为什么叫达拉?

达拉其实是一匹很不合群的野马。老牧人洋洋得意,有点满不在乎的意思。很快,他继续道:当时,看见它在草地间游荡,时而隐身,时而出没,我看出了它的心事,它很想加入我们的队伍。

我考虑了多日,终于说服我的马群,接纳了它。

起初,我的马群都很不喜欢它,因为它的颜色和它们不一样,看上去特别显眼。我多次劝说,让它回到以往的自由中去,可它总是孤立无援地摆摆头,死心塌地留在我身边。

都快半年了,我知道它是回不到它的世界了,可马群依然不怎么亲近它,都认为它是复活的野马。在马群们看来,世上早已经没有野马了。于是,我成了它唯一的依靠,无论什么时候,无论我走到哪里,它都跟在我身边。

要是它不太依赖我,就不会发生那样的事儿。

老牧人的话,越来越沉重。他仰望苍穹,甩甩头,一脸苦涩,遗憾的是达拉没有带走他全部的爱。

我从没有写过祭文,可看见马的墓碑,我落在纸上的笔,就像跪着爬行的蹄印……

牧马人

我是去墨脱的路上遇见它的。

在牧马人的身后,它背上驮着沉重的物什,只顾低着头认路,一步夯实一步,不敢有半点闪失。它在队伍庞大的马帮中,身躯很不出众,甚至体格瘦小软弱,仿若一个多病的少年。它还很年轻,步态却十分缓慢。在那些膘肥健壮的马蹄声响远之后,它依然没有停下脚步抬头望它们一眼的意思。雨,细得像盐粒,一路散落。它或许知道前面的路更危险,但它并没有表现得太着急。牧马人很着急,走几步就要停下来等等它。直到所有的马匹都已翻过窄小的山脊,它仍不紧不慢地跟在牧马人身后。而前面那些驮着重物的马匹,早已在牧马人的吆喝声中开始在安全的山地等候了。

天色渐晚,我注意到牧马人从前面绕到了它的后面。也就是说,牧马人不再等候它,而是要护着它赶路。前面的路的确越来越险,蜿蜒向上,乱石遍布,荆棘丛生,距离那个窄小的山脊还有五公里。它因此走得更慢了,每迈出一小步都非常吃力,好几次被蹄下圆滑的石头绊得踉踉跄跄,若没有牧马人的护送,它必定栽倒在雨中。是什么原因让牧马人对一匹马如此不放心呢？

　　靠近些，再观察，此时的牧马人有一些令人费解的动作。她用手掌不时在它身上左拍右打，从头部到屁股，听得出，她特别揪心与用力，嘴里分明在对它说着什么。难道她是嫌它走得太慢了吗？每次牧马人在拍打它的时候，它就稳稳地停在那儿，头埋得低低的，鼻腔里不时地放着响鼻，那一条漂亮的马尾在风中温顺地摇摆着。看样子，它特别能享受牧马人对它舒服的拍打。

　　雨一直下。眼看，就要穿越山脊了。这个危险的山脊平时只能通过一个人，因此有人称它为鬼门关。自从有了马帮之后，山脊的路面有所拓宽。马与人几乎可以同时并行。这里离墨脱县城不太遥远。山脊的左边是黑乎乎的悬崖，右边是倾斜向下的山坡。坡底下就是来往的牲畜和牧人喜欢打盹儿的山地。在这里，山地的存在貌似长途跋涉中出现的一个加油站。再往前，就是一条笔直宽敞连接县城的水泥路。那些蹲在山地的马匹已经等得不太耐烦了，它们有的倾身，有的站起来，不时地朝山脊观望。牧马人还没出现。即使没有听见牧马人的吆喝，它们也不会轻易走出牧马人的视线。牧马人从不担心自己的马会走失。这是马与牧马人之间的默契，他们之间存在太多美好的默契。一个眼神，一个动作，一声呢喃，一句长调，他们都能彼此相通所有的情感，他们的关系甚至可以超越父母与子女。后面发生的事儿，让我顿悟这世上有一种情感是人与人根本无法抵达的境地。

虽然一路同行了几十里山路，但因为窸窸窣窣的雨，我始终没看清牧马人的脸。跟在马与牧马人身后，仿佛感觉他们是这个社会最值得信赖的向导。与此同时，我便产生了一个愿望：想好好看看那匹马的眼睛。在我跻身前往实现这一愿望的时候，不妙的事情发生了。一匹马，牧马人，我，三者一起通过山脊的瞬间，那匹马突然前蹄失重，踉跄着身子，轰然一声，向山坡翻滚而去。它是突然看见生活的希望了吗？随马而去的还有一声惊天地、泣鬼神的哀号。牧马人尖叫的同时，颤抖着身子，双脚发软，跪倒在地，继而不顾一切地向它扑去。马背上的罐头，滚得漫山遍野。我失魂落魄地向山坡下赶去，牧马人将头紧紧地和马的脸相拥着。她不停地抽泣声，一声悲过一声，声声痛心。雨丝落入静空，依然看不见她的脸，更看不清马的眼。

所有的马匹都在不远的地方齐整地站了起来，它们的表情已经意识到事情的不妙，一个个像犯了错误的孩子，耷拉着脑袋，一步步向牧马人靠拢过来。这时牧马人猛然一甩头，大声地吆喝了一声，忽然又将头贴回马脸上，放声痛哭。那些马匹在她的吆喝声中，纷纷调转方向，朝着墨脱永不回头地飞奔而去。

不知过了多久，牧马人站起身，看了我一眼，拉开步子，朝着她的马匹一路疯追。几乎只在眨眼间，她留给我一张血肉模糊的脸。雨水打湿的记忆，还有她身披蓑衣般的氆氇，头顶旧式的红军帽。我蹲下身，看马的眼睛。哪知它已经闭上了双眼。我端详它的脸，左看，右看，越看心里越发慌。我看见一条软软的蚂蟥从马的眼睛里游出来。再看它的背、腿、肚皮，蘑菇一样的小包块不是一个一个长的，是一茬一茬冒出来的，一个个鼓丁爆眼，似一朵朵猩红的毒花。我站起身，突然明白了什么？它一路缓慢的真正原因，是周身不断被蚂蟥侵袭的困扰。我的手不禁颤抖起来，这就是传说当中让人惊心动魄的墨脱蚂蟥！熟悉墨脱的人都知道这种蚂蟥的厉害。落雨天，是蚂蟥们最爱的时节。在沙沙的雨中，它们喜欢趴在树叶子底下窃听天空之城的秘音，毫无经验的路人几乎看不见它们褐黑色的身影。它们有时是在潮湿的岩石上，有时或在流动的小河边，更多的是在茂盛的植被潜伏，每当有人走过，它马上身手敏捷地伸长脖子，以最快的速度蠕动，用触角搭到人的身上，神不知鬼不觉地便偷袭到你身体的某个角落。这时，疼痛的人才发现它们滑溜溜的身体上，有的长满了小黑花，有的长满了大黄花。在你浑身泛起鸡皮疙瘩的时候，触目惊心的是它们的头和尾都生长有吸血盘。这些家伙，嗅觉简直称得上是精灵之王，三米之远就能嗅到人的气息。当你猛然感觉一阵尖利的疼痛，准备去抓痒时，吸饱了血的蚂蟥已由蚯蚓般大小的身躯变成筷子那么粗了。

再想想那个牧马人的脸，蚂蟥其实早已钻进她的肉身，她只顾替自己的马一路拍打蚂蟥，却忘了顾及自己的疼痛。一匹马的死去，会让她在这个小县城，付出更多的艰辛……雨越下越大，我抬头寻找远去的牧马人和马群，他们早已不见踪影。

在通往墨脱的路上，送别一匹马之后，天空以黑暗的方式彻底谢幕。那一刻，世界只剩下了我。天亮后，我重新出发，从一个地方跋涉到另一个地方，不管前方还有多少悬崖和黑暗，也不管前面是否还有蚂蟥等着吸我的血，我从没停止与理想的目标作进一步、再进一步的抗争，我告诫自己：即使忍着最痛的伤，也要像那匹马一样带着苦难踏响征程。人生的每段路，其实都有可能遇到坎坷，只要你坚持向前走，不要徒劳地停下来，哪怕走得缓慢一些，也是一种从容！

小牛犊的世界

当那个小女孩举起鞭子在它身上狠狠抽打的时候,它除了惊恐,还是惊恐。如果它能说话,我想它说的话一定是:苍天呀,这世界到底怎么了?它傻傻地望着小女孩,表情一脸无辜,丝毫没有迈步走的意思。身后,它的牛圈已经扭曲;她的帐篷被风雪彻底掀翻,排山倒海的房子在远方轰然沉没。风在吼,雪在烧,天空一脸阴笑,大地上的人们随着大地东摇西晃……

小女孩的身后,一个未满九岁的小姑娘也赶来了,她紧紧地拽着她的衣襟,拼命地喊道:"地震来了,曲珍阿姐,快跑呀,不跑就没命了。"小女孩一只手捂住胸口,一只手将小姑娘揽入怀中,惊恐的眼睛盯着惊恐的它,然后一甩头,疯了似的奔跑在歪歪斜斜的雪线上。她紧紧地拉着她的手,一路上,小女孩的心在不停地滴血!为自己抛下的那只小牛犊的生命滴血。她们终于逃出了死亡地带。但是小女孩还是受了伤,虽然医生查遍全身,都未查到她的伤口。小女孩伤得很深、很重,说不出话,甚至记忆混乱。

现在,小女孩住进了成都的医院。小姑娘每天都在医院里陪伴着小女孩。她们不是带血缘的姐妹，只是同住一个村庄的人。要不是地震，她们还不如现在亲热呢。每次小姑娘递给小女孩水果或饮料，她都狠狠地摇头，眼睛也不愿睁开。小女孩好像得了失语症。她紧紧地闭上眼，不愿回忆小牛犊惊恐而无助的表情。如果不是小姑娘拽着她离开，她一定可以再和小牛犊在一起。本来她就想着要拯救它的生命！想着这些，她的泪珠儿就掉进了小姑娘手中的玻璃杯里。

那是一只有腿疾的小牛犊，因为野牦牛的一次突然侵袭，小牛犊的妈妈在草堆里分娩时，受惊掉下坡地，落入泥沼，小牛犊便随之哭嚷着来到了这个世界。而小牛犊的妈妈则从此离开了他们的世界。那是一个大雪纷飞的冬天，阳光白花花地开在雪堆上。原本她发誓要好好关照它一生，毕竟阿妈给她讲起小牛犊的来历时，她陪着阿妈抽泣了半天。可现在，一切都不存在了。她恨自己的无能与无情，怎么会在灾难来临时抛下小牛犊呢？她还不能告诉她。她担心自己不能向她正常叙述关于小牛犊的生命。她侧过身子，蜷缩在洁白的被单中看着正在望窗的她一言不发，很快便又沉沉地睡过去了。

窗外，紫色的泡桐花树在阴郁的光线中，残败如霜，稀落的花瓣随风摇落，她没有听见，她在梦乡。她有天鹅蛋般的脸，还有额前的卷发与脸颊上两团永不消失的高原红，她有蓝宝石一样的眼珠，还有素洁的氆氇，宛如画家艾轩笔下栩栩如生的藏家少女。她的手背上插着吊瓶水管，红色的液体在水管里仿若红鱼在血丝中吐出泡泡。时间一点一滴地过去了，她什么也没说，一句话也不说，脸色渐渐红润得像个熟睡的婴孩。她安静的神态陪着所有看护她的人，如同深居在温暖的玉树旧梦里，再大的风，再大的雪，似乎任何灾难也摇不醒她了。

奇迹发生，是在七天以后。醒了！小女孩终于醒了。小姑娘为此奔走惊呼了一个上午。当两个小人儿相视一笑的瞬间，医生笑了，半途中援救她们并一直等待奇迹的金珠玛米笑了，大街小巷的人从各路消息中赶到医院，人们微笑着、幸福着，像是来探访世界上最美的天使。四周静如止水。只有阳光躲在蕾丝花边的窗帘背后轻轻地聆听着。谁也不曾想，小女孩醒来说的第一句话是——央金妹妹，走，我们要快快回玉树找小牛犊去！

小姑娘重重地点点头，像一朵含羞的花儿。

这个季节，所有的花儿都处于绽放状态。而并不平凡的世界中，却有一些生命，在一个名叫玉树的地方，在花开的声音里消失与诞生，你听到了吗？你看到了吗？高高在上的神灵在祈愿，那里的人们正在欢欣鼓舞，源源不断的救援者，他们用力挽狂澜的信念彰显时代的精神,他们把每一颗心汇聚在一起告诉世人:再大的灾难也挡不住人类求生的渴望,生命在玉树,哪怕一只小牛犊也决不抛弃,永不放弃!

冰 马

藏北的这个初夏，白色成了一种真正意义上的恐怖。

热巴艺人带我们进入草原的时候正是黄昏，在灰蓝中泛红的天空里，大地一片苍黄，眺望极远处，由于颜色的错杂，几乎无法分辨地平线的距离，天与地相接在一块调色板上，让人想象不出天外究竟还有没有另一个世界。跪着死去的牦牛在近一点五米深的雪中为我们铺开一条路，我们踮着脚尖踩着牦牛脊背向前行驶。牛脊背两边的雪地中除了雪，几乎一无所有，看不到一个村庄或一头牲畜，甚至也没发现一只飞鹰或一个脚印，扑面而来的只有毫无任何感情色彩的白，白得让人眼睛睁着就疼，这也许是藏北草原有史以来最苍白、最让人眼睛生厌的季节。

一眼望不尽的单调颜色把人笼罩在里面，唯恐我们走不出藏北。

偌大一片草原，仿佛世界一下子将三个人抛到了一个无人所知的境地——我、小兵、热巴艺人。此时，热巴艺人用雪地里拣来的牛绳拴住小兵的身体，他生怕在漫天雪地里惊慌失措的小兵不慎掉进沼泽。终于，前方雪地中一个黑色的影子引起了我的注意。随着距离越来越近,它的形象也越来越逼真,如同一篷绽放在雪地中的黑色花朵。

热巴艺人轻描淡写地看我一眼,迅即又把深邃的目光定格在那黑色的花朵上。当小兵挣脱绳索,哈着白色雾气冲过去,他似乎看清了什么,忽然尖叫起来:"呀,这怎么会是一群马?"热巴艺人收紧放空的绳子,往后退了几步。我的精神为之一振,距离越来越近,前面出现的画面越来越清晰,那些紧紧拥在一起的马群怎么不害怕我们?它们相互依偎着,颈靠颈,脸挨脸,尾巴与长鬃在寒风中尽情飘逸,显得凌然傲骨,气质非凡,根本没有闪躲的意思。冰雪压马群,马群何所惧?似乎它们在这个寒冷之夜已做好相互取暖的准备,它们站在那里一动不动,莫非是在等待人类的慰藉与抚摸?

多漂亮的马呀。这是我从未见过的马,它们像冰雕艺术节上东方大师的精品力作,可它们分明又是自然灾难的展现。它们誓死要与藏北站在一起,在暴风雪来临时,它们就已经在这里岿然不动;而暴风雪之后,它们还在这里站立,直到风将雪花一朵朵嵌入它们的骨头。在马群的身上,有一层晶莹剔透的冰,紧紧镶嵌在它们身体上,尤其是在马的颈部和背部,厚厚的冰,坚硬如华丽的钻石,看上去很美,那是季节为它们穿上的美丽冰衣。

热巴艺人默许了我的猜想，但他怎么也不表态：是或不是？只用那种拉直了的生硬眼神望着我。这是一群已经被连续多天的风雪夺去生命的野马，它们奔跑的速度远远在其他马匹或动物之上，但它们从不与其他动物为伍，当那些有牧人陪伴的马群在风雪来临之前迁徙藏北时，它们看都没看牧马人和那些马一眼，它们只认自己唯一生活的圈子——藏北草原，它们拒绝与其他动物发生联系。无论世界发生怎样的变化，它们从不更改生活的场所，就像有些死心塌地的族群一样，选择了一个地方，就以死相依，这是爱的抉择，它们在藏北站着迎接风雪，站着睡觉，站着死亡，站着宣告——因为有了它们，藏北的土壤就不再寂寞。

我面前的马群，因为冰的包裹，数不清到底有多少只，但我能辨识它们就是曾经在可可西里同金色的藏羚羊在猎人的枪口下被追逃的那群神速的精灵，此时它们已经全然忘记了枪声而安详地伫立。为了掩护藏羚羊，它们曾经没少挨盗猎分子的"花生米"，它们总是先于藏羚羊倒下，我不知道那是藏北草原的凌晨几点，小兵、热巴艺人和我紧紧缩在一起，面对冰马，我们的心在渐渐变冷，小兵的脸正慢慢僵硬如岩石一样。热巴艺人见此，赶快从我怀里摸出那个装鹰血的打火机，滴了几滴玫瑰红的鹰血在小兵发紫的嘴角。小兵的身体如蠕动的虫子，他踉跄几步，一下子扑进热巴艺人怀里，只要看过他们一眼，就永生无法忘记——他们多像老红军吹笛给小红军听的那件著名雕塑作品《艰苦岁月》呀。热巴艺人表情坚忍而平静，他的胡子比刚才更白了，甚至有着雪的透明。而小兵在他的怀里，犹如回到了爷爷的草原奶奶的河，他睡得太美了。那一刻，我们与这些冰马紧紧依偎在一起，热巴艺人的身体散发着冰冷的牧草气息，在绝地逢生的藏北，人类面临死亡时的形态更接近野性与艺术。那只也许最早被头领舍弃的美腿细长的小马紧紧地依偎在一只异类的胸部上。我侧着身子，看清了那是一只公的藏羚羊。在藏羚羊如绿松石般深蓝的眼睛里，我并没有看到自私、抱怨与恐惧。而藏羚羊的"情人"，那匹美腿细长的野马正低下头颅，试着用嘴唇温暖后脚站立的藏羚羊的颈部。

  它们就这样保持着爱的姿势，直到地老天荒，大雪无痕。

  这是一组风雪无法消融的雕塑。爱是不惧任何力量摧毁的，暴风雪在爱面前也无能为力。

  热巴艺人望着这些马群，再没有走的意思。他围着这些凝固的马群转圈子，手上敲击着法鼓，就像朝圣者转山那样虔诚。他一直目不转睛地看着马群，嘴里诵读着六字真言，就像看着一个个远行归来的孩子,这是藏北一个季节里最为生动的部分。尽管那些马已经死了,但在热巴艺人眼里,它们是永远不死的,因为在来生里,他还将用转经与超度的方式,为它们的站立加持神的护佑。那样的眼神,比亲人更亲……

这些马群像经过雪崩之后的山峰,依旧挺立,牢牢抱在一起,就这样站过整个白色的季节,直到另一个季节降临,当青稞铺满大地时,才会像鹰群一样落地。但它们自始至终拒绝与人类互通音讯,即使死也要把人类隔绝在冰块之外。热巴艺人告诉我,在马群躺下的地方,青稞会丰茂无比,在阳光下摇曳成一片金黄色的大海,并会在不同时辰呈现出黑夜与白天不同的色彩。而且,只要你明年再来,在盛夏某个寂静的夜晚,你伏下身去,会听到,在藏北大地的深处,回响着马蹄星群般翻涌的轰鸣,那是草原上降生的婴儿,它们如骏马般驰骋草原的姿态,开始了新的炼狱般的舞蹈。

说完,热巴艺人就闭上了眼睛。小兵赶紧把我手上的那小瓶鹰血凑到热巴艺人跟前。可是热巴艺人没喝。他只是细声呼唤着他心爱的牧羊姑娘的名字。小兵俯下他自己那稍稍有些歪扭的头告诉热巴艺人,你的牧羊姑娘早已随马飞出了藏北。热巴艺人发出一声古怪的、催人心碎的最后哀鸣。他虚弱地伸出手去握住打火机里残留的鹰血并把它捏碎。打火机里仅剩的不多的血顺着手腕流了下来。他命令小兵把脸转开去，小兵抽泣着服从了。热巴艺人的最后一个动作是一掌打碎法鼓，让头钻进那个鼓里面。

　　小兵此时竟哭出声来。至于我自己，我记得我的双膝颤抖个不停。几分钟后，我看见热巴艺人成了冰马的一部分，我在上下牙控制不住的打颤中，拉着小兵逃出藏北，直到现在，梦中常有冰马冰清玉洁地追来。

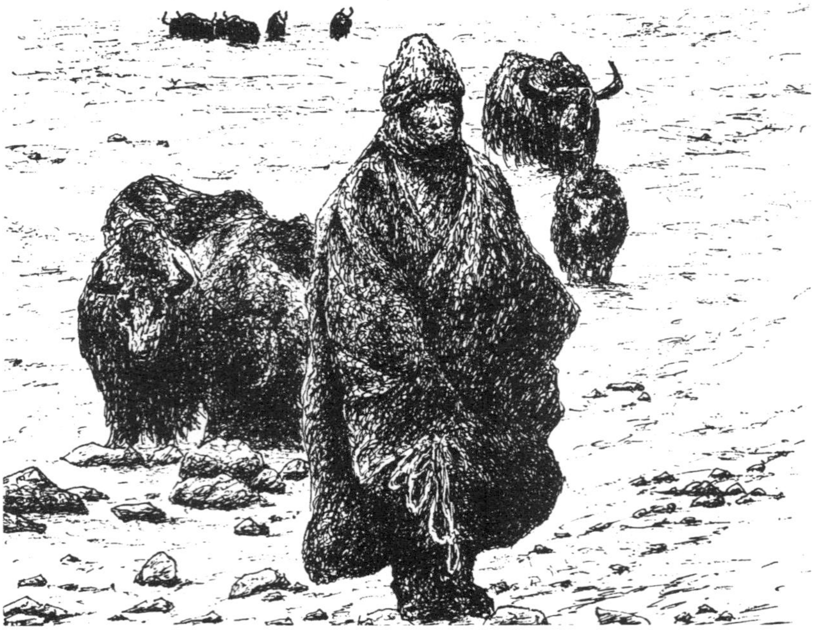

雪在烧

尼洋河已经下了头场雪。山上堆起白花花的树尖尖，地上有点润滑润滑的味道。轮到张秋生站岗的时候，他把军大衣裹在身上，把战友交接给他的八一式步枪像种田人扛锄头那样顺手甩上右肩，便朝连队后面的那一垄荆棘走去。挂了几片经幡的荆棘是连队的一个制高点，也是通往山上原始森林的必经之地，在此可以窥见连队的全部。他蹲下身，借助满天星光的亮，查看着连队周围的动和静。大地上有的地方越来越白，有的地方越来越暗，像层次分明的布面油画充满纹丝韵致，除了风偶尔在浅雪上面打一场滚儿，连队始终沉浸在坟墓一样宁静的状态。

这种宁静对于一九八三年初秋夜晚的张秋生来讲无疑是"雪上添火"——烧得心里暖烘烘的。雪在烧，其他人都在呼呼大睡。他找不到人一起取暖，此刻甚至就连可以当柴火燃烧的往事也不愿来触摸他从夜晚长出来的胡须，可想而知他心里面有多么荒芜。

此时，月光被风吹进了云层里的那张床上睡觉，只剩下几颗星星陪张秋生站岗。后来，星星也被风喊走了。寂寞的张秋生倚在荆棘下的石头上睡着了。当他正在梦中念着什么，忽然被一个庞然大物的犄角顶醒。它体形高大健美，很像西班牙用来斗牛的那种极品牛。显然那是一条公牦牛，是连队背后卓玛村庄里的牦牛"黑老大"。这黑老大脾气坏，一点儿都不合群，常常独来独往，它没事总喜欢在夜里往连队跑，而且每次都是在张秋生站岗的晚上翻过竹篱笆跑到营区来。原本，连队里的官兵见了牦牛都要喊打，原因是他们更担心牦牛们把营区的卫生随时弄脏，大家打扫起来嫌麻烦。可张秋生从不驱赶牦牛，反而喜欢陪着黑老大一起玩耍。遇到那些过路的羊呀、马呀、狗呀，黑老大总会远远地朝它们扑过去，任凭连队官兵怎么劝解，都撕扯不开它对其他物种的占有欲。可偏偏只要张秋生走到它身边，用手在它身体上抚弄几下，它便恢复得乖乖的样儿了。

时间久了，黑老大便与张秋生结下了深厚感情。有人对张秋生说，这黑家伙就是你家中的弟娃！张秋生只是骄傲地笑，看都不看对方一眼。

今晚又是黑老大来陪他站岗。可他似乎在梦中只知道呢喃，丝毫没发现自己正睡在黑老大身上呢。直到换岗的战友到点时，点着烛光四处呼喊张秋生的名字。秋生，秋生！一声高过一声。可不见其回音，更不见其影。战友找遍了连队的每个角落，只好朝着连队值班室报告来了。这个战友在风中摇晃的呼喊声幽灵般地惊动了连队值班室半梦半醒的副连长。眼看，张秋生已经替下一班站岗的战友多站半个小时了，眼皮子正在打架的副连长一边打着哈欠抬腕看表，一边看看墙上贴着的岗表名单，将手电从值班室的窗子里缓慢地照出来，一寸一寸地照出来，然后横七竖八地用手电的光束在连队周围的雪地上天罗密网般地扫荡搜寻。终于，当副连长的手电射向那一垄荆棘时，亮光便定格了。他听到了世界上前所未有的一种声响，而且极富音乐感。

这到底是一种什么样的声音？

副连长屏住呼吸，蜻蜓点水般靠近那声音。近点，再近一点。副连长小心翼翼地睁大了眼睛。可不知为何，副连长忽然连退三步，滞留原地，再也不敢走近哪怕半步了。

紧随而来的那个战友当兵不到一年，他一下子冲到了副连长的电光尽头，踮起脚看了半天，扑哧一声，笑了！就是这笑声，一声接一声的"哞——哞"的叫声响彻夜空。有一点幸福，有一点凄厉。

只有那支八一式步枪在张秋生背上受惊后轻轻地抽搐了一下。紧接着，副连长关闭手电，呼啦啦地吹响了紧急集合哨。

战友们一个个穿衣戴帽，从各自班排冲了出来。八十多条枪没有五分钟时间，全竖在了一起。有的提着裤子，皮带也不知扔到什么地方。有的揉搓着惺忪的眼睛，不知眼前发生了什么事情。还有的两人争穿同一条裤子僵在那儿不敢动荡。只见张秋生在众人面前耷拉着脑袋瓜子，像是依然没睡醒一样。

此时，副连长斩钉截铁地宣布张秋生误岗的重大事件，每一句话后面都加了后果严重，完了将电光猛然射在张秋生脸上，久久不曾移去。似乎这样的特写镜头要让大家彻底看清张秋生到底是个什么样的货色？半夜三更，张秋生脸上的那些痘儿在电光的掩护下被无形地放大了不少，有个别的已经爆破开来，璀璨夺目。谁愿意在如此黑暗的夜晚欣赏这样一抹风景呢，大家只好仰望着没有星光的夜空展开对张秋生的批评。

指导员说，张秋生，你不止一次犯同样的问题了哟！过去检讨你也写过了，既然你的新陈代谢细胞那么旺盛，明天我就安排你一个人上山砍竹子。

大家议论纷纷，有的人笑得比格桑花更灿烂，只是夜太黑，只有他自己才能看见自己的灿烂，有的尚不知张秋生究竟发生了什么事，面无表情地站在人群里！还有人咬文嚼字地吐出一句：你真是狗改不了吃屎！

又有人补充了一句：是耻，不是屎。

张秋生在电光的照射下，眼里一片黑暗。他什么也不说，时而将头垂得低低的，时而扬起头，不自觉地朝那垄荆棘的地方张望，那里有一双比鼓更圆的大眼睛在望着他呢。只是黑漆漆的夜晚谁也看不见那双眼睛，唯有张秋生被那双眼睛照得内心亮堂堂的。他无奈地摇摇头，当什么事也没发生过。

实际上，张秋生根本不知道战友们交头接耳的事儿到底算个啥鸟事？他的意识停留在梦中根本没有彻底醒来。他才是连队最幸福的人。

第二天，所有人都还没起床，张秋生顶着天上散落的淡淡微雪，带着背包绳和刀具独自上山了。山道是连队一茬茬官兵经年上山拾柴走出来的羊肠小道。他要从连队上到海拔近三千米的山上，这可是个累活儿，非一般人能承受。尽管你有充沛的体力，上一次山也将消耗得筋疲力尽，更何况越往山上走，海拔越高，越高的山上就意味着氧气会越来越薄，而那些又高又有节的竹子长在接近神灵的雪被之上。近中午了，进入原始森林的顶端，他呼哧呼哧地砍好一捆竹子，嘴里哈着白花花的雾朵朵，用背包绳把竹子的两头捆扎起来，然后顺着冰道往山下滑。当竹子进入冰道滑下的声音再也听不见了，他便动身沿着冰道抄小道往山下赶去。可刚赶了几步,便被一个歪嘴龅牙的怪物拦了下来,它的眼睛细如柳眉儿,但眼里的光绿绿的。他往后闪了几步,环顾四周,发现不止一个怪物,原来是一群怪物,正虎视眈眈朝他一步步逼来。他吓得浑身打闪闪,一步也不敢动,只好坐在雪地里大声呼救,可是他呼不出任何声音,只是呼哧呼哧地把自己的身体弄得相当紧张,周围的树枝也跟着他一起紧张起来。

正巧这时,上山伐木的阿佳(藏族大姐)不远处见到了这一幕。她惊慌失措地嚷道:"哦呀呀,金珠玛(解放军),原来是你呀,听说我家的黑老大你都不怕,怎么现在害怕了。上呀,上呀,你上呀。"说完,一阵清泉般叮咚的笑声弥漫山谷。

风把那笑声吹得很饱满,像一粒粒透明的青稞,每落到一个地方,都沉甸甸地响。

张秋生被阿佳的笑声减轻了几分沉重的畏惧。他傻傻地注视着阿佳,依然不敢轻易动弹。

那些怪物随着张秋生把注意力转移到阿佳身上,便一步步向着阿佳迈去。此时,阿佳原地转了几个圈,解下身上的彩虹围裙和羊毛做的氆氇,点燃一团火,向着怪物们扔过去,然后发出惊天地泣鬼神般的笑声,纵身跃上了云雾中的树梢。怪物们,一边躲闪奔跑的火光,一边转身望洋兴叹,看得张秋生顿时傻了眼。毕竟他是头一次遇到这样一群怪物,过去只听老兵们与怪物们战斗的故事较多,而且多是发生在其他连队的老兵故事,那时他觉得那样的事儿离他太过遥远。当兵三年,一直相安无事,至少没有发生雪地里与狼撒野的悲壮场面。

怪物们正灰溜溜地散去,当他滚动身子,小心地朝着山下爬去的时候,不幸被一只藏在大松树下的老怪物瞄上了眼。张秋生终于爬不动的时候,那只老怪物在他身后也停了下来,似乎是在看他的笑话,说,你不是那么厉害吗?黑老大,你都敢惹,就不怕我这个老怪物把你吃了?

嘿嘿嘿嘿!

风在老怪物的笑声里停停走走。

当老怪物向着张秋生扑过去的时候,迎面撞来的一个庞然大物让老怪物倒退了几步。这庞然大物托起张秋生,看都不看老怪物一眼,直奔山下。看得树梢上的阿佳突然从空中掉了下来。她对那头老怪物大声地训斥道:"你厉害,有本事就去追呀,追呀,追呀!"话完,又是一阵天花乱坠的笑声,在森林里穿梭、流淌、浩荡……

张秋生扛着竹子回到连队,地上已经铺满厚厚一层雪了。

指导员抬腕看了看表,对张秋生说,任务完成得不错,速度也不差,砍回的竹子很大,也很结实,这次就不让你再写检讨了。想着你独自上山砍竹很辛苦,我已吩咐炊事班为你加一个菜,红烧肉罐头,快去吃吧。完了,你只需要把连队周围有漏洞的竹篱笆补上竹片就行,免得牦牛破坏营区卫生。

经过几天的修修补补,连队的竹篱笆便严实起来了。张秋生有的地方用泥浆毡竹片,有的地方加了铁丝牢固,过去的漏洞再也不见。大家不再担心牦牛进来捣乱,哪怕一只土拨鼠想钻进来也很困难。那些阳光灿烂的日子,指导员给张秋生的好脸色就像地上没有被牛粪糟蹋的雪被一样干净。张秋生的劳动换来了连队官兵一致的喜悦与夸赞,从此他扭转了的局面,扬眉吐气,在人人面前都挺有面子地活着!

夜深人静的时候又轮到张秋生站岗了。他围着连队转了几圈又来到了老地方,一样的月光洒落在荆棘上。一点也不意外,黑老大如期而至来到他身边。自从上次发生那事后,黑老大一直牵念着张秋生。它伸出长长的热乎乎的舌头,"哞哞——哞哞"地叫了两声,便贴在张秋生的脸上。张秋生的眼睛变得通红通红的。黑老大又"哞"地轻呢了一声,居然把张秋生脸上的青春痘一扫而光。张秋生脸上异常地热起来,他紧紧地贴着黑老大的脸,眼泪止不住地喷在黑老大脸上。此时,太多太多的往事从四面八方涌入脑海,往事里有一个黑得发亮的女人,他想抓,却怎么也抓不住。任凭她在眼前如一张薄纸飘来飞去。他把她写给他的一箱子信,一封接一封地念给黑老大听,一次又一次地念黑了一个又一个的夜晚,最终他把永远读不完的信全部烧在了荆棘隆起的雪堆上。黑老大也为他哭了。那个女人最后一封来信终止在一九八三年的春天里。

第二天张秋生走了。背上背包,提着行李,像第一次当兵出远门那样,欣喜若狂地去了一河之隔的镇上。张秋生因为平时从不讲荤段子,干活踏实,人不多嘴,营里突然来了一个提干名额,指导员经过研究考虑便把他作为提干苗子送进镇上的集训队。这真是老实人修来的好福呀!

可是出事了。就在张秋生离开连队的第三天晚上,连队的竹篱笆统统被掀了个底朝天。营区里的雪堆上到处是牛粪,看上去就像先锋派画家在白布上点染的水墨画。指导员看在眼里,急在心里,他走到哪里都遇上新鲜的牛粪,他的心犹如雪上加霜,干净冰凉的脸顿时变得比牛粪更湿热。他让值班室的副连长找来昨晚站岗的战士一个个查问,可是他们都承认交岗时,情况一切正常,没有看见一个"造反者"出现。

副连长背着手在连队四处来回走了几遍,拿着文件夹,独自去了卓玛村庄。这种时候,他特别想发现点正常情况里不正常的情况,他真的是个处理军民关系很有经验的人,曾经成功处理过几起军民纠纷,获得上级的通报表彰。卓玛村庄里的男男女女老老少少包括黑老大都认得他。这件事他有些怀疑是某个家伙干的,因此迫切想找到凶手。他直接去了卓玛村庄阿佳的牛棚。阿佳是村庄的养牛大户。她家的牛棚足有二三十个。每个牛棚都关着几只年岁相等的牦牛。此时,她家大大小小的牦牛正在埋头吃草。他低着头走过一个又一个牛棚,突然停了下来。

此刻,黑老大正在睡觉。

他不慌不忙地打开文件夹,掏出一张照片,在黑老大闭着的眼前晃来晃去,像是在给它扇风。黑老大睁开眼,向他点了点头,然后继续闭上眼,睡觉。他坐了下来,仔细端详着照片中的张秋生,心想如何才能让黑老大承认昨晚对连队竹篱笆的袭击呢?他点燃一支烟,像一个破案的专家深思熟虑起来。黑老大偶尔斜着眼看他一眼,其实它是想看他手上的照片。他忍不住将照片送至它眼前,又迅速地拉回到自己胸前。反复几个来回,让黑老大不住地伸长脖子来嗅照片上的人。一会儿嗅着,一会儿嗅不着,就这样,黑老大"哞"的一声怒吼,急着从牛棚里腾了出来。

副连长火速滚地一个躲闪,避开一劫。此时,阿佳抱着草料朝唯一关了黑老大的牛棚赶来。副连长来不及解释，拿着照片就跑，黑老大与阿佳在后面紧追不舍。其实，阿佳只是想追赶黑老大，她知道黑老大从小的脾气一直很坏，给她惹了不少事儿。

副连长一边跑，一边向连队呼救，可是连队里的人正集中在会议室整顿，谁也没听见他的喊声。当快要跑到连队时，副连长一跤绊在那一垄荆棘里的石头上，眼冒金花，剧烈地呻吟起来。即刻，被挡不住的黑老大一个猛劲飞奔冲上来，锋利的左牛角尖顶住那一帧照片穿进副连长的左眼。

鲜血不断地从副连长的眼睛里汩汩涌出，染红了黑老大的眼。

当连队里的人从会议室出来望着暧昧的太阳，看见路过的阿佳时，全都兴奋地朝阿佳跑来，可是他们跑近才发现副连长已经奄奄一息地躺在阿佳与黑老大的眼睛里。

指导员一行火速将副连长送至营部卫生站。

卫生站的老军医简单给副连长进行了消毒清理包扎后，火速送至山上的陆军医院。副连长虽命保住了，却被摘除掉左眼球，留下一只独眼。

后来的几天，指导员与上面派来的工作组一直密谋着如何处决黑老大。他们既不想得罪村庄里的阿佳，又想致黑老大于死地，替副连长报仇，也替连队除害。可是这并不是一件容易的事情。尽管他们认为守口如瓶，就不会走漏半点风声，可是在他们采取行动的那天晚上，夜太黑，风太高。雪说来就来了，比孔雀的羽毛更柔更滑，比站岗人身上裹着的羊皮袄的毛更粗糙。站岗人缩着脖子，在雪地里站不直身子，只好躲在屋子里烤牛粪火。可就在这节骨眼上，连队上空传来了一声"哞哞"的叫声，不过两分钟，又是同样的叫声，太多太多的叫声，"哞哞"地撕开了夜的一道道口子。不看不知道，一看吓一跳，周围出现了成百上千只牦牛，它们跪在连队的每个出口，同暴风雪一齐发出"哞哞哞"的乱叫声，吓得官兵们处处乱跳，无处躲藏。

终于，指导员举起手中枪，向空中扣动了扳机。

所有的牦牛披着雪花向着森林黑压压地狂奔而去，有人忽然看见张秋生出现了。

他像一个雪人跑在枪声的前面。而前面的前面，有一片雪，正在熊熊燃烧！

请对黑牦牛好点

　　我是从曲水通往羊卓雍湖的路上遇见他们的。路上，一位慈善的老阿爸和一个穿着藏族盛装的八九岁的小女孩牵着一黑一白两头牦牛，也在赶往羊卓雍湖。前后行走的两只牦牛好像是夫妻，走在前面的黑牦牛不时转过头，对跟在身后的白牦牛"哞哞哞"地叫上两三声，很亲昵的样子。

　　出于好奇，我把头伸出车窗，问老阿爸："黑牦牛是要娶白牦牛回家吗？"老阿爸憨厚地笑道："不，它们早就是夫妻了。我们每天都要带它们到羊卓雍湖去。如果只带白牦牛去，黑牦牛在家就会造反。"说话间，两只牦牛也放慢了脚步，小女孩挥动手中牧羊的嘎朵在白牦牛屁股上打了一记响亮的脆响，白牦牛倔强地调转头，停在原地急促而凄惨地叫嚷起来。黑牦牛迅速调过头，用自己的头角蹭了蹭白牦牛，又"哞哞"地叫了两声，鼓鼓的眼睛里满是委屈和无奈。我不知道他们去羊卓雍湖做什么。在藏族人的日常生活中，至今保留着一种转山朝湖的习俗。世代居住在藏域里的信徒相传，围绕神山圣湖转一圈可以得到神灵相应的赐福。

　　莫非，他们是去朝拜心灵圣湖的？目睹这一幕，我难以释怀。

不幸的是，仅仅隔了两个小时，我又遇见了他们。在羊卓雍湖边：老阿爸——小女孩——黑牦牛——白牦牛，形成了一道湖水吹奏的四重奏景观，在绛红色玛尼堆的衬托下，十分生动有趣。不少中外游客依偎在他们身边大呼小叫。看得出，游人无不喜欢那一头漂亮的白牦牛，它有着洁白的身躯，洁白柔软的长毛，它的犄角上戴满了花朵，脖子上挂着银光闪闪的铜铃；它总是低着头，那双噙满泪水的眼睛像一个满腹心事不肯出嫁的新娘。可这时，偏偏就有人掏出肮脏的纸币迎娶它的美丽。起初，是一个美国的西部牛仔纵身跃上了牛背。接着，又有两个法国女郎尖叫着被老阿爸护上牛背。后面，排着络绎不绝的长队，等着要与白牦牛合影留念。

此时，蹲在地上的黑牦牛如一堆无人问津的牛粪。

看着这一切，我内心不禁涌起一阵酸楚。没有人知道，黑牦牛的心里在想什么，它渴望游人像骑白牦牛一样骑在它身上吗？它想过如果有游人来骑它会是怎样的一个人呢？如果它为了白牦牛而叛乱又将遭遇怎样的命运？

阳光吻在湖面上。

蓝色的波光，一重一重的像拨浪鼓敲击着我的心海。小女孩提着牛皮袋子在人群里转来转去，她在吆喝人们交钱骑她的牦牛。高原的风，吹过她蓬乱的发梢。看着黑牦牛和白牦牛无奈的表情，我突然失去了欣赏圣湖美景的心情。

旅游者无论走到哪里，都渴望把美丽的风景带走。可大家想过当动物被人为打造成风景的心情吗？

这些天来，天天就这么想着那一只白牦牛和黑牦牛，它们的一举一动，喜怒哀乐，常常牵引着我内心诸多的思考和不安。也许，在这个世界上，人对人已经熟悉得有些乏味了，而且，人大多数时候总是让人失望。人和人的感情不过如此，人在人身上已经很难再找到什么新奇的东西，所以，只好把眼光投向动物。想必动物的悲伤常常都是人的蛮横所致吧。你看那只黑牦牛和白牦牛就像触犯了上帝的禁忌被人天天看守着，它们天天面对不同的人，任意拿它们作乐，对它们指指点点，说东道西，人们这样对它们，难道它们就不会对人产生怨恨吗？

恨也罢，爱也罢，都无力。当它们有一天真的获取自由，回到青青的草原，会不会因生命中有过如此不同寻常的经历，变得更加智慧呢？如果黑牦牛和白牦牛真的能像那位占卜者说的有智慧，我情愿天天为它们这样祈祷。

你是不是不愿意留下来陪我的牦牛

再去江孜时,我没有选择任何交通工具。对于这种毫无目的的行走,我只顾一个人游游荡荡,徒步才是最佳的高原心情之旅。如果是去探访一处尚未公开于世的古迹,有一匹马陪伴该有多好。但该去的地方,多年前都已去过了。黄昏的太阳很烈。晚霞像沉睡中醒来的藏族老人,那双充血的眼睛,直视苍茫。我不知道前方等待我的会是什么?

"喂,你从哪里来?"是一个怯生生的小女孩的声音。

我注意到青稞地里站着的那个人影。脸色黑得像泥墙上的牛粪饼,头发被风吹得像乱蓬蓬的衰草,那双眼睛对我的世界充满了无限好奇。当距离越来越近,她的表情一如旁边的那一头牦牛,黯然神伤。

牦牛正独自低头吃草。

她见我无语,似乎就开始后悔当初的勇气了。但她最终还是重复地问了我一句。那声音小得像乳鸟在呻吟。然后,迅速蹲到青稞地里,不让我看见。

"你从哪里来?"

我笑了,在心里。她那么小的年纪,居然可以发出大人般世俗的问题。我从哪里来，真的很重要吗？莫非，她是太渴望去远方的远方了。

"波姆啦（姑娘），不要问我从哪里来。可以吗？"

"为什么，难道你不肯告诉我？"

"我只想知道，这里可是你的家乡？"

"是的。可是我并不喜欢这个地方。"

"我喜欢。还有你旁边的那头牦牛。"

"那你愿意留下来陪伴我的牦牛吗？"

"哈哈。好呀！你看，你看它那么可爱。"

"可是，可是爷爷说了，明天这头牦牛就不再属于我们了。"

"为什么？你快告诉我。"

"因为，我要上学。"

"波姆啦，你说你是喜欢你的牦牛呢？还是喜欢上学。"

"我，我，我真的好难过。我是真心爱我的牦牛。大哥哥，你有办法帮我留住牦牛吗？"

"嗯！容我想想法子。这样吧，波姆啦，不如我买下你的牦牛，再将它当作礼物送给你好吗？波姆。"

"可是，可是，可是爷爷不同意怎么办……"

"告诉你爷爷，就说这头牦牛大哥哥高价买下了，现在只是托你帮大哥哥把牦牛养着。等有一天,大哥哥累了,没有梦想了,也不想到处旅行了,一定来牵它回家。你说好不好?波姆啦!"

"好呀,好呀,大哥哥,你真好!我发誓一定将牦牛喂养得肥肥的,等着你来牵它回家好吗?"

"嗯,相信那一天,你的生活已经可以不再陪伴牦牛了。"我从草地上抽取一根嫩绿的草叶放进嘴里,不假思索地看了她一眼。风正幸福地吹过她的发梢。

她无声。神色十分慌张地望着我,眼睛里的光芒像清水柔和。

我抬起头专注地看了一眼天空。山那边快要下雨了。有一只锋芒毕露的鹰在天边忘却了时间,但它不能搭配我此时的心情。我无心问它从哪里来?也不敢问它为什么还不回家?正欲抽身离去,突然发现那头牦牛高高地仰起了头,好像在流泪。

骑着牦牛去看海

深夜两点半,整个僜人部落都沉睡在山峰与树林筛下的月光里,各种鸟儿与虫鸣在绿荫与草丛中说着陌生人通不了的吴侬软语,突然,一个熟悉的声音惊扰了我沉睡的梦。

"凌先生在吗?"

是我的向导翻译达波牛·玛仁松。我从床上弹了起来,急忙打开窗户。

简直让人无法相信眼前的一切,虽然天光还不是普遍的亮,但因为是初夏,地处中印边境线上的西藏察隅僜人部落足以借星空让我看清大地上灿烂的一切,这绝不是异乡人的梦幻。十六岁的达波牛·玛仁松正骑在一匹黑色的牦牛身上,他有着一双与牦牛眼睛一样炯炯有神的双眼。

我把头支出窗外,揉了揉睡意蒙眬的眼睛。"你真是达波牛·玛仁松吗?"

"没错,是我。"达波牛·玛仁松用僜语里的内部语言格曼话讲道。

"噢,达波牛·玛仁松,你骑的真的是牦牛吗?我有点害怕。"

"是呀，不仅仅是牦牛，而且是野牦牛，凌先生，你想不想骑？想骑就快点出来呀，若是你行动慢了，我的野牦牛就没耐心等你了！"达波牛·玛仁松头上裹着白帕子，身上穿着母亲给织的红彩线小坎肩，背上的包里还插有一把亮锃锃的镫刀。

我知道达波牛·玛仁松是僜人部落最神速的少年，他喜欢在夜间出没，时常从这个村庄出现在那个村庄，两者之间的距离至少有十多公里。奇怪的是，村庄里骑摩托的人从不见他骑过摩托车，搞不清他究竟为何有神速的特异功能。在所有同龄人中，他去过的地方最多，而且懂得的语言也是僜人部落之最，尤其是印度语，他讲得相当流利。可眼前的事实，的确让我难以置信。

在深入僜人部落之前，我在不少有关介绍僜人的文字里，看到过一些闯入者的偏见与狭隘，最让人难以接受的是有人笔端直指这个地方的人生活太过落后，太贫穷了，主要是没有钱让家庭里的每个成员过上富足的生活，导致有些少年，辍学后去很远的山上挖虫草，数月不回家。在历经过战争的土地上，一个没有经历战争洗礼的人拿什么谈贫穷与富足？他们对这片土地上的人，究竟了解多少？一路上，我总提醒自己不要带着都市里世俗目光去打探一个没有过多现实交易的少数民族部落，要多尊重他们的自然生活。

与达波牛·玛仁松的相遇，得益于另一个在世界各地传播僜人文化的朋友啊嘎啊·美志高先生所赐之缘，我们的对话里，丝毫找不到生活的琐碎，只有真正的诗意与远方。

"我以为你会骑着一匹白牦牛来接我。"在雪山下的树林小道上，白花花的阳光与白花花的山泉重叠在一起，在我路过的每一座村庄，看着那些日光中沉静的向日葵，我第一愿望是骑牦牛，而且要那种纯白的牦牛。

"你来得太晚了，我小时候见过家中的确有那种牦牛，如今我们的牦牛，全都放归山林了。"

"为什么会这样？"

"你不必惊讶，也不必像那些外来者一样，凡事都要问为什么，否则，我就不高兴为你引路了。现在，我再次提醒你，在我们部落，没有那么多为什么？如果你想骑牦牛呢，我自有办法给你惊喜的。"

我知道达波牛·玛仁松家早就没有牦牛了，他哪里弄来的牦牛呀？眼前的野牦牛身材魁梧，身披又黑又粗的毛，看上去比马匹沉重多了。对于马的轻盈与矫健，在草原上我领略不少。可眼下的野牦牛，那些毛长得快要拖到地上了。尤其是它头上那对巨大威武的大角，看着一步都不敢让人靠近。

可达波牛·玛仁松却十分潇洒，坐在牦牛背上甚是与众不同，神气活现。

我紧张地盯着他和胯下的牦牛。"达波牛·玛仁松，你是不是从饲养场偷来的牦牛呀？"

"嘿嘿，已经给你说过了，我们部落没有什么饲养场，我们部落更没有一个贼。凡是你们都市里容易有的，我们部落一律没有。你若想骑，就赶紧从窗口跳出来呀！"

看来我的猜测总离不开世俗与现实的束缚，这一定会让达波牛·玛仁松感觉到我的不诚实。这匹野牦牛不是达波牛·玛仁松偷来的，这里到处是荒野、山峰、树林与河流，他去哪里偷呢？我想比起城市角落想方设法偷东西的小偷，要在这里偷一匹牦牛，而且是野牦牛，这个难度即使神偷也难以完成吧。

鼓足勇气，我终于换了衣服，纵身从木楼窗户跳到离牦牛不足一米的距离。达波牛·玛仁松一个轻功弹跳，从牦牛背上下来。在我迟疑不决地看着野牦牛产生畏惧的时候，他已拉着我扶到牛背上。

"坐稳了，凌先生。"达波牛·玛仁松提醒我。在我们的周围，有蓝色的铁皮房子，田野里到处是挂包吐穗的玉米、猕猴桃、板栗树、花生、鸡爪谷，以及青草与野花包围的小径。爽朗的空气如同草木清鲜剂，清风轻轻地从山影里投过来。达波牛·玛仁松牵着牦牛走在前面，他嘴边磨出的歌谣，像是唱给虫儿与鸟鸣听的。这样的时刻，除了星星，没有人发现我们。十多分钟后，我们来到了部落的花田里，中间有一块高高的石柱上镌刻着"中国僜人部落"，字迹周围手绘有古今男女僜人狩猎与劳作的场景图。在花田的侧面，有一条浇灌庄稼的沟渠，一直沿着高低不平的坡地，流到山脚下的溪水塘里。

趁我抬头伸手触摸星星之际，达波牛·玛仁松悄悄踢了野牦牛一脚，喊道："嘞——嗦！"野牦牛沉重地调转了方向，猛虎般地蹿了出去。我提着的心吊到半空中，不断地央求道："达波牛·玛仁松，你快叫野牦牛停停，停下来，我不骑了。"

"快——跑，别说话，不然，我们的秘密就将被发现了。"达波牛·玛仁松在暗处准备着什么。

我不知这野牦牛，要把我带到何处。虽说它跑起来，没有马的速度快，但毕竟这样的庞然大物，我还是第一次接触。我双手死死地抓住野牦牛的大角，将整个身子往前伏在上面，在我恐惧得几乎快要闭上眼睛的时候，忽然，背后传来了声音，是达波牛·玛仁松。

他骑在另一匹野牦牛背上，而且是一匹白色的野牦牛，比我胯下的这匹黑牦牛大一倍。

绿野与房子在我们的周围旋转，星星在我们的头顶跑来跑去，突然发现牦牛带着我们跑了很远，天边的月光换了一个姿势还在朝我们隐约眨眼。过了一座山口，看见红日在一片水洼里就要升起来了。

"凌先生，别怕，我想带你去一个地方。"达波牛·玛仁松神秘地说道。

大约五十分钟后，踏着水花跳动的音符，我们骑着牦牛，闯进了一片花的海洋！那么多叫不出名字的花，带着一千种色彩和一万种香气扑来，将我们瞬间淹没了。在花海的深处，簇拥着一片明晃晃的水，像沉睡的镜子，成群的野牦牛在镜子里洗澡、嬉戏，白色的月光在它们身上晃来荡去。近了，再仔细看，黑的、白的、褐色的，它们相互地亲昵着，有的将前脚搭在同伴的身体上，有的将头埋进水里，喷着响鼻，甩动妖娆的尾鞭。有的独自梳理着浑身闪亮的长毛，宛如倩女满头青丝在夜风中奔袭的柔顺与飘逸。那些幼小的野牦牛，还没长出太多的长毛，它们抖动着身子，鼓起铃铛般的大眼睛，学着大牦牛的样子，不顾一切地往其对方身上嬉水。如水的月光里，野牦牛的千姿百态，全然没有了白天遇见的锋利危险模样，一个个憨态可掬。

我们从牦牛背上跳下来,带我们来到此地的一白一黑两匹牦牛很快加入其中。

"凌先生,你来得真是时候,只有夏天的夜晚,它们才肯从高山上来到隐谷的水塘里洗澡呢,而我算得上它们的好朋友了……"达波牛·玛仁松坐在石头上,静静地看着它们,对我诉说着。

我望着星空放射出的绸缎与线条,透过山坡上的树枝,落在那些野牦牛的身上,整个身心如同浮在柔软的水中。"达波牛·玛仁松,我可以像你一样,成为野牦牛的好朋友吗?"我迫切地渴望达波牛·玛仁松的生活。

迟疑了片刻,达波牛·玛仁松缓慢地说:"这个不好说吧,我们部落,不仅人与人相互诚信,我们与动物更讲诚信,因为我们从不利用动物帮我们自己干活,动物自有动物的天地。"

达波牛·玛仁松的话让我思绪纷飞。

风,很轻很轻,我们躺在撒满星星的草尖尖上,尽情地张开双手,野牦牛在身边自由徜徉,群山、树林、河流、草地、花朵,抚摸着我们的额头和脚丫,那一夜,我们成了全世界最富有的人。

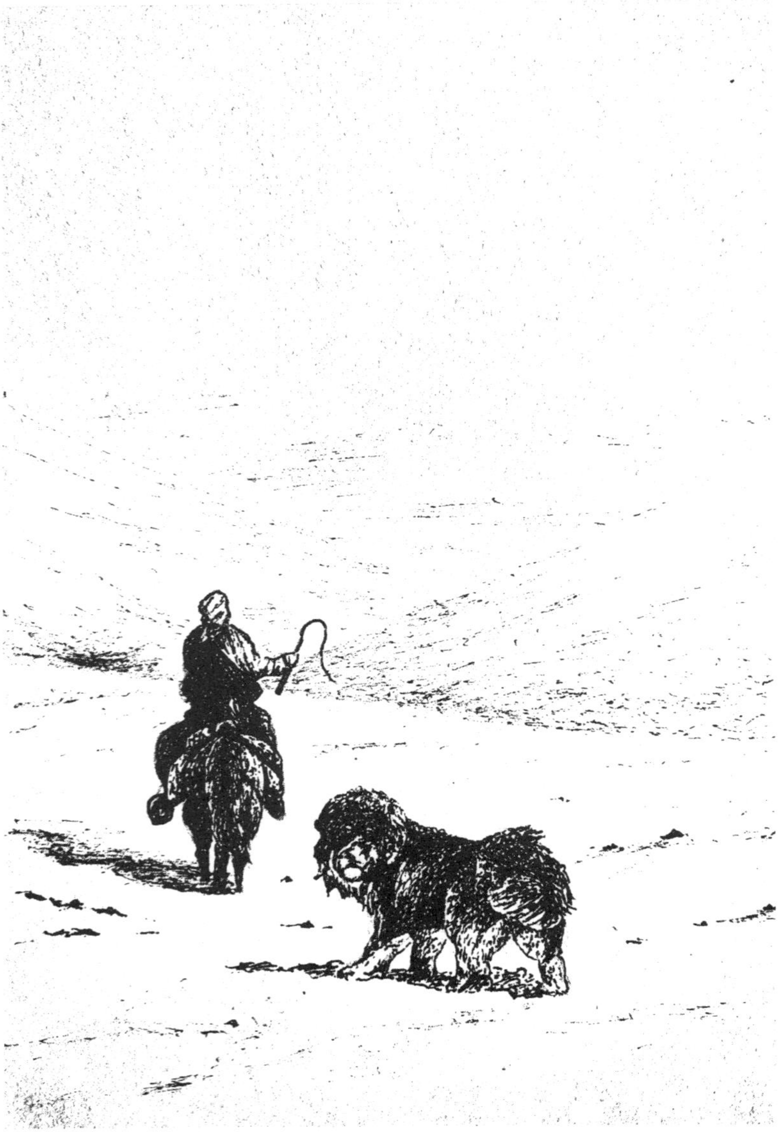

獒狼相遇

驴的思念

　　一位从雪山哨所下来的老兵告诉我，因为一头毛驴的离去，几个哨兵哭得死去活来，几天也咽不下一口饭菜。那时我已离开雪山，回到世俗的都市。起初，对此很不以为然，生死攸关，除了泪水，还有什么方式能解救悲伤呢？
　　于是，老兵从容地讲起了这个故事。
　　当年我们把羊羔状的毛驴从山下的村庄带到哨所时，它才半岁零两周，对哨所的环境既陌生又恐惧，整天不吃不喝，让我们几双眼睛瞪着它干着急。幸好，没隔几天我们哨所来了个北方兵树果。树果不仅懂得将文字分行叫写诗，还懂得二人转和动物的生活习性。原本，他怀揣伟大梦想到哨所来当海拔最高的诗人，写出感动世界人民的诗句。可事与愿违，连他自己也没想到他当了放驴小子。奇怪的是，在树果独特的口技里，我们的毛驴一天天行如风，坐如钟。美妙的音律从树果嘴边溜出，好比温柔的按摩器。无论大家怎么用功地学，树果如何用心地教，几个南方兵都没掌握让毛驴动心的口技诀窍。不是声音轻了，就是声音重了，不是声音高了，就是声音低了。唯有树果歪着嘴，润滑的口技声响起，毛驴跟腔的拖音便萦绕在雪山天地间……战友们羡慕树果，说他是神人。

毛驴与神人，每天正午从七公里外的冰河唱着二人转驮水归来。

那水车的吱吱作响声，仿佛一支响在青藏高原永远难忘的歌谣。

看在眼里，我们每个人的心里都喜滋滋的。所有与阳光交相辉映的微笑就像是为毛驴存在的，月光下说不完的故事反反复复都离不开树果与驴，那些风过高原的夜晚，我们简直快活地忘记了月亮。

可自从树果考上军校，这一切都发生了变化。毛驴不再听从我们的使唤，成天不吃不喝，身体非常虚弱，还在驮水路上摔破了水车，然后一病不起。我们看在眼里，急在心里，却不敢对它动粗，只好给山外的树果写信，告诉他毛驴的坏脾气。哪知放驴小子回信告诉我们——思念是一种病，时间可以冲淡一切，但冲不淡毛驴对一个人的思念。他说力争暑假回来看毛驴。

对于毛驴一天天恶化的病情，我们束手无策。盼望树果就像在高空中遇难盼救星降临。

当六月的最后一朵雪花从哨所的屋檐飘落，毛驴的生命已到尽头。哨兵们巡逻归来，它完全没有力气到门口迎接了。望着它悲伤的眼睛，我没时间悲伤，我怕自己坚持不住，引发高原心脏病。我警告自己，作为一哨之长必须坚强起来。在这个远离连队集体的地方，必须得有一个人保持镇定来安慰一群痛不欲生的人——他们都是刚到哨所不久的新兵兄弟。他们对毛驴的感情比我有着更为绵长的心思。就在树果风雪兼程赶回来的当天晚上，毛驴头朝山外，身向哨所，终于闭上了泪汪汪的眼睛。我们毫无思想准备，无法接受这样的结局，禁不住哭声一片。只有树果镇静自若。他要我们节哀顺变，还建议我们用自己的方式来祝福毛驴。

  树果在烛光下如同一位讲师给大家解释毛驴的死亡。他告诉我们，毛驴之死，源于它与主人的感情过火，它太依恋一种声音和一种味道了，这叫绝爱。当思念成灾，就意味着爱的各种神经组织渐渐紊乱，长时间绝食导致它心脏功能快速衰竭，精神逐渐崩溃，现在该是它回到天堂的时候了。

  小眼睛赵峰问："毛驴在天堂里会遇到好的主人吗？"

  树果回答："当然。"

  "那它还会生病吗？"

  树果说，不会的，它会非常快乐，和新的主人一块儿去水边看蓝月亮，去沙漠看长满天空的骆驼刺，去雪山上看偷吃虫草的飞鹰,去高原的尽头看风沙吹来阵阵锣鼓声,它知道它再也不用驮水了,到那时,我们雪山上所有的哨所,都用上自来水了。

我问,那它还会回到我们的哨所吗?

树果重重地点了点头。说,会,当然会,就像我们也想和它永远在一起。

第二天,我们请来了山下村庄里的藏族老人和孩子。他们是我们哨所最近的友邻。我们商量要为毛驴举行一个特别的葬礼。树果就地取材为毛驴做了一个大大的雪糕。旁边燃起了一堆篝火。大家围坐在雪糕前,点燃环绕毛驴的五百支蜡烛,告别这位哨所花名册上唯一编外的亲密战友与我们一起走过的五百个日日夜夜。边巴大叔念念有词拿出了他在朝佛路上拾到的九块九眼石,老阿妈鲁姆措围着毛驴转三圈从怀里掏出九条长哈达,戴着红领巾的曲珍姑娘从头上解下了她那条漂亮的印度纱,还掏出爷爷给她珍藏已久的三颗天珠。他们要用这些特殊又珍贵的礼物陪伴毛驴上天堂。

边巴大叔和曲珍吹灭了蜡烛,我切了一大块雪糕送到毛驴嘴边。夜风很冷,月亮落地,只剩下星星在天边静静地聆听。哨所里的新兵和老兵,每个人都讲了一堆和毛驴相依相偎相亲相爱的故事。只有树果什么也没讲。他默默地做了一张慰问卡,上面写着"你是我今生最后的爱"。慰问卡里闪动着一枚红豆状的播放器,日日夜夜,高原风送出的全是一个人对一头毛驴的爱之声。

老兵讲到这里,我眼里早已储满了泪水。大玻璃窗外,是低头匆忙而过的人群,霓虹闪烁,谁也不认识谁。总之,我找不到恰如其分的理由安慰自己。望着对面一脸坚毅的老兵,我背过身调整自己的情绪。雪山上飘舞的经幡,仿佛就在眼前,大漠下沉闷的鹰笛声,回荡在耳畔,还有夜夜吹我梦回的高原风……生命已逝,悲伤何用?

在一个遥远又闭塞得不为人知的地方,人与动物拥有如此美好的感情,即使生离死别,也要选择庄重快乐的方式。许多时候,我们去参加葬礼,不仅仅是为了缅怀一个人,与其痛哭流涕,不如以饱满的热情祝福那个人踏上新的旅程。

想到雪山哨所毛驴的一生,想到生命的高贵与尊严,想到远古的坚强与红尘的脆弱,想到千百年来人类所面临的生死问题,我不禁转悲为喜,破涕为笑。

月光下对酒

南迦巴瓦峰下。

放牧的年轻人,手挥乌尔朵,站在雪线上,声音沙哑地唱:狼爱上羊呀,并不荒唐……

河边的老者,气得直跺脚,他朝着年轻人大声疾呼:不爱了,狼和藏獒已经爱不下去了。

老者一大把白白的胡须了,怎么会同年轻人唱反调?正在归巢的鸟儿朝着落山的太阳嘻嘻哈哈地笑了。老者看了看雪线,一边燃起柴火煮酥油茶,一边踮起脚尖对年轻人无奈挥手。雪线的一侧是原始森林和浊浪滔天的大河。不远处就是梅里雪山。

年轻人我行我素,无可救药,继续唱道:狼爱上羊呀,爱得疯狂……

老者很窝火,他盘坐在被风吹过的沙雕上,一手持转经筒,一手持鼻烟壶,他在替谁忏悔?细沙缓慢地坠落,山坡上的羊向着落日径直地追去。老者站起身,懊恼地望一眼天际,喃喃自语:"狼爱上羊,简直放狗屁。"他越想脾气越坏,于是跑了几步,狠狠地指着年轻人的背影:"你懂什么爱?

狼和藏獒的故事，你知道多少呢？"

年轻人终于转过身，从雪线上冲下来。

你就天天知道狼爱上羊，怎么就不知道狼和藏獒也会相爱呢？老者和年轻人靠得很近。

年轻人说，当然知道，现在都什么时代了，森林里的什么动物都有可能爱在一起。

如果过去它们是仇敌呢？它们还会相爱吗？老者沉着脸。

年轻人不假思索地点了点头，说，爱是不顾一切的！

不，不，其实，狼和藏獒彼此都没有什么成见，只是一直以来，人类故意要把它们放在一起比拼，它们之间的矛盾很多时候都是被人类激化的。在很久很久以前，狼和藏獒的关系一直保持得很好，只是它们因各自的生活环境不同，中间像是被一道围墙拦住了似的，久年疏于往来。狼每天都在野外觅食，生活很不容易，既艰辛，又艰险；而藏獒倒好，有富贵人家伺候，既有好肉，又有好屋。老者滔滔不绝地辩解。

年轻人很惊讶，你怎么知道它们这么多的生活习性啊？

嘿，我扛起猎枪在这森林里四处游走的时候，它们之间发生的什么事，哪里有我不知道的呀。有一次，我遇到过一只带着4只小崽的母狼，而且是浑身白色的。母狼跑起步来和乌龟差不多，因为要照顾跟在身后的小狼崽。我和狼的距离渐渐缩短，母狼聪明地转头向森林里一座废弃的小木屋跑去。我，一步一滑，拼命向它追赶。不知它从哪里爆发出来的那么大的力气，就像我贴着雪线射出的一支毒箭，"嗖"的一声钻进了几十米远的小木屋。

我气呼呼地向着母狼隐藏起来的小木屋开了几声空枪。哪知，一声惊天动地的嗷叫，吓得我不敢再往前靠近，丢掉猎枪掉头就跑。事后，我一直在揣摩，那究竟是什么怪物发出的声音呢？三十多年的狩猎经验，我对狼的声音简直太熟悉了，唯独那个比枪声还震撼人的嗷叫声让我生疑，让我久久处于恐惧之中，这是我几十年都未曾听过的声音呵，它叫起来比虎狼狮豹的声音更难听，绝不亚于一场雪崩凶猛剧烈。那仿佛就是一座山发出的大合唱。

事情已经过了两月有余了，我备好齐全的装备决定再返回那座小木屋，造它个底朝天看看。快半夜才赶到，寒气逼得我浑身打战，百合般的月光下，小木屋好似一丛巨大的骆驼刺，让人不敢轻易接近。我想真是多此一举，那不过是人在森林里跑累了产生的一种幻觉，可能当时真是撞到南迦巴瓦峰的神灵鬼怪了。正打算离开，突然看到一个隐蔽的陷处，像白色的烛火一样，悠悠地闪动着两道青光。我欲开枪，走近一看，一只高大威猛的藏獒和狼正蜷缩在一起。

年轻人一惊，藏獒和狼？

是啊。老者笑了一声，然后高声地学唱道：狼爱上藏獒，藏獒爱上狼，谁让它们真爱了一场。

年轻人顿时瞪大了眼睛，啊？真有这样的事呀。可你是猎人，怎么不一举两得，一弹双收打死它们呢？

你，你，你小子，假如爱情突然朝你降临的时候，你希望别人把你们一刀两断吗？我想，至少我不能这么做。因为我在南迦巴瓦周围的森林地带混了这么多年，从没发现过狼和藏獒发生这样的故事，我应该感谢那只藏獒，是它受惊的声音让我知道了森林里的爱无奇不有，无所不在。看着它们忘乎所以地在一起，那么投入，那么不顾世俗的眼光，我背过身，心情复杂地想了好久，然后我果断地折断了猎枪。从此，结束狩猎生涯，并在这片森林里挂起了"让爱永驻森林"的牌子，时刻提醒过路的行人，让狼和藏獒在一个和谐的地方爱得更香，更甜。

望着老者手中转动的经筒，年轻人已无心再问他什么。他们像是陷入了狼和藏獒爱的甜美想象中。

月亮，像是戴上了黄色的哈达，在夜空中变幻成一尊朦胧的佛影。

老者拿出银碗与年轻人在月光下对酒，他们仰起头，将两三口才能喝完的一碗青稞酒一口就咽下了。几个回合下来，老者醉得一塌糊涂。

年轻人也醉了，他扶着老者边唱边跳，摇摇晃晃地向那小木屋走去。他们要去看看狼和藏獒相爱的地方。老者东倒西歪，似醉非醉，他忽然给了年轻人一个响亮的耳光：告诉你，别再唱狼和羊了，你知道吗？狼和藏獒分手了。

为什么？为什么？为什么？你快说！年轻人满脸糊涂。

因为狼比藏獒潇洒！因为狼比藏獒勤劳和独立！还因为狼太有思想！因为狼只可能生活在远离人群的地方单枪匹马，储思积忧。而藏獒，藏獒离开了狼就无法生存，藏獒太贪恋别人的宠爱了。狼之所以和藏獒分手，是因为狼受够了藏獒好吃懒做的恶习，狼总是埋怨藏獒，不过是一条蠢蠢的狗，牛高马大的狗，貌似尊贵，却缺乏精神和灵魂。

世间怎么总有那么多的"因为"和"所以"？年轻人若有所思地望着清醒的天空，喃喃自语道。

老者渐渐地沉默了。他在鸟儿离去的林子里，学着鸟叫的声音，久久地望着年轻人离去的背影，眼里装满了一洼星光般明亮的死水……

2019.11.22

遇见扎西

我是个不太相信奇遇的人。可那只藏獒的出现彻底改变了这一切，它使高原上的那个晚秋成为我生命中最为奇异的记忆。

当我喘着粗气从海拔五千多米的查果拉哨所下到三千多米的时候，坐在一块泥石流形成的巨石上打盹，突然一个黑咕隆咚的东西一溜烟儿从我眼前晃了过去。它的速度快如一道闪电，我睁大眼睛仔细看了看，太阳依然强烈地照在亮光光的冰山上，这的确不是幻觉——那只狗模狗样的家伙，体积像刚满双月的小猪仔，褐黑色的毛，黑色的爪子，头顶那一撮毛像黑色的绒布，尾巴一直紧紧夹在两腿之间，当它停在不远处用疑惑的眼神打望我的时候，我才发现它双爪抱着一颗血淋淋的兔头。那模样又脏又丑，看上去既可怜又可怕。

我从没见过这么怪的动物。望着它，我在脑海里长时间搜索记忆，终于想起电视上介绍的那种比狼还凶猛的动物——藏獒。当我一步步走近它时，它并没有退缩、逃跑或尖叫。看见我缓慢蹲下身，它只是抬起头不冷不热地看了我一眼，然后又自顾自地低下头来，它的眼神简直迷茫得像一个被遗弃的情人。当半山上路过的牧人走过时,它却耷拉着脑袋,疯狂地尖叫个不停,那副凶相真让人纳闷儿:怎么它不咬我?是不是因为我穿的这身军装?在这冰雪相依的荒山野岭,它一定是找不到回家的路了。当我意识到这是一只迷路的小藏獒时,良心在不断敲打着我的善良。它是饿坏了?还是生病了?我想我不能在这种地方扔下这只可怜的小藏獒。思忖良久,于是决定带着它上路。

我对着它吹口哨,它竖起耳朵把头转过来。当看清我的眼睛时,它的耳朵又垂了下去。它是否也在祈求我把它带走呢?我离它近一点,它却走得远一些。我朝着它大声喊道:小可怜,如果信得过我,就跟我走吧。这时,它一动不动地打望着我,那眼神里流露出一种亲近。当我突然加快速度跑出好远,蓦然回头,它向着我的方向纵身跃了过来,那一刻,我感觉藏獒与我仿佛成了老朋友似的。它那双灯泡似的大眼睛在不停地打探我,那意思好像是在怀疑我对它的真诚。多看它几眼,我分明又感觉它有什么心事要让我知道。直到我在公路边拦下车,它才信任地随我一起跳上了车。

就这样,我带着它一次次换车,像当年别人代我向边防开进一样。一路上我用自带的干粮喂它一直到了拉萨。

我不顾自己浑身发冷和疲劳饥饿,迅速取来干毛巾把它潮湿的身体擦拭干净，给它午餐肉吃，可它不吃。我又找来了部队发给我出差路上一直没有舍得吃的黄桃罐头，它吃黄桃的时候，很听话地坐在地上，嘴里流着馋水，那两个电力充足的灯泡散发出热烈的光芒直射我的眼睛，这让我突然有些难过起来。我问我自己，你这样用心良苦地帮助一只动物会不会适得其反？小藏獒一定是有主人的，我怀疑它是被抛弃或者掉队甚至被猎人引诱出来的，或许它一直在寻找自己的主人呢。我一边想问题，一边用"飘柔"给它洗澡。然后，用梳子给它梳毛，直到弄干净它尾巴上的伤口，足足三个小时。在窗前的阳光下，它不停地舔我的脸表示感谢，这时，它的叫声成了我在高原上听到的最动听的音乐。见它如此温柔平静，不到一天我就把它放出门去自由活动。可几天以后，我便有些力不从心起来。毕竟我身处的环境是军营啊，再说虽然我是在机关上班，但每天还要面对那么多细碎的工作，而且随时都有可能被上级指派到边防体验生活。

接到电话要去那个与尼泊尔相邻的昆木加哨所采访的那天，我的心情并不舒畅。这一走就是十天半个月，谁来照料小藏獒？想来想去，我就想到了礼洋。

礼洋是刚调到我们机关食堂不久的一个上等兵炊事员，平时空闲时间比我多，只要有空他就会到我的宿舍帮我打理一些小事。也许是他感觉我这人没有什么老兵作风吧，久而久之，我们就成了无话不说的好兄弟。我询问他如何处理小藏獒的建议，他听了这只藏獒的来历，表情特别惊讶，几乎没有多余的考虑便答应替我照顾它，这让我的昆木加之行又可以带着愉快的心情上路。

礼洋抱走藏獒时的脸笑得如山桃花灿烂。那一刻，我站在阳光下，恍然感觉礼洋抱走的不是藏獒，而是他心爱的一个宝贝。可我怎么也没想到礼洋刚走出几步会忽然扭过头急匆匆地返回来对我说，这只藏獒我只能帮你养几天。而且，他还一再嘱咐我要尽快替小藏獒找到它真正的主人，否则时间长了他将抛弃小藏獒。

礼洋古怪的表现让我感到把小藏獒交给他很不放心。

接下来的几天，我利用空闲时间写信给查果拉的哨兵，问他们是否认得这样一只藏獒。生活在边防线上的哨兵有养动物的爱好，特别是查果拉哨所的哨兵，因为艰辛的孤独和寂寞的纠缠早就和藏獒成为好朋友了，什么野鸽子、小狼崽、雪猪等动物都是他们哨所贴心的朋友。据我所知那里的哨兵最喜欢的动物就是藏獒，他们之所以把藏獒当作自己的"战友"，是因为无论刮风下雪，无论黑夜白昼，藏獒都会同哨兵一起站岗，一起看流星滑过雪山，一起驱除寂寞和烦恼，一起守候同一片蓝天和同一片云彩。

这种时候，找到藏獒的主人是我要做的十分重要的事情。

昆木加的日子，因为牵挂藏獒，我仿佛是在梦中度过的。即使是白天，我也在做梦。梦中我看见藏獒和礼洋一起烧火做饭，一起打水洗菜，就连吃饭睡觉他们都在一起。礼洋很喜欢那只小藏獒，小藏獒也偏爱礼洋。领导问礼洋为什么经常换班，他说是为了照顾他的战友。我几次在被风吹醒的梦境中看见礼洋在晚饭后的林荫道上和小藏獒散步，尽管他从来就有独自玩耍的习惯，可自从有了这只小藏獒，他再也没有出现落单的情形。他拉着小藏獒的胡子，用打火机打火逗它乐，小藏獒好像知道礼洋是闹着玩的，于是便用平静的态度拒绝他。小藏獒只愿与他默默守候，不让别人靠近。

回到拉萨，果真如我梦里所见，礼洋首先告诉我的是，他爱上了这只小藏獒，并且已经给它取名：扎西。在藏语里，扎西的意思就是吉祥。扎西德勒，就是吉祥如意的意思。事实证明，礼洋和扎西已经成了亲密的好朋友，这让我深感意外和妒忌。扎西尾巴上的伤口也因礼洋的精心呵护而痊愈，看见我回来扎西直摇尾巴，明显灵活多了。一番简单的摆谈后，礼洋的表情突然变得忧虑起来，他说扎西的能量一天比一天大，它每天吃的肉相当于几个战士吃的呢，炊事班的战友嘟哝负担不起了,我听得乐不吱声,感觉扎西在茁壮成长,这真是一件好事。

可礼洋并不这样认为。他愁眉苦脸地看着我,让我不知所措。

阳光和飘雪同时降临的午后,礼洋突然急匆匆地撞进我房间。他说,我不得不对你宣布:一周之内,你必须找到扎西的主人。机关上下说闲话的人越来越多,这对扎西很不利。

我请求礼洋,能不能为扎西再供给几天生活,查果拉的哨兵还没回信。

礼洋蠕动了一下嘴唇,终究没说出话来。我知道他表示同意了。

眼下的日子,我每天都在盼望查果拉来信,每天想着为扎西寻找主人,每当碰到从查果拉方向来的人我首先提起的就是扎西,然而一点用也没有,没有人像我这样认真关心一只藏獒的日常生活。结果更坏的事发生了。扎西咬伤了礼洋,被关进了铁笼子里。从此,除了我去看扎西,它会打起精神摇头摆尾之外,谁也别想靠近它。每次我离开它的时候它都会狂野得想从铁笼子里飞出来,那眼睛好像在说是你把我带到这里来的,我恳求你将我带走,免得我每天都要经受那么多冷漠的目光。那一刻,我不敢回头,心里特别难受。后来的后来，情况变得更严重了，因为我不能天天来看扎西。听礼洋说，我不在的时候，扎西一直都在不停地狂叫，像疯了似的撞铁笼把尾巴上的伤口又弄破了。当礼洋把它送到一个更大的空间调养时，它却想越过围墙逃出去，它抓坏了自己的腹部，还不停叫唤，最后什么也不吃，体重一下子降了十多公斤。扎西的情形越来越坏，它像是得了忧郁症，而且一天不如一天。

我忽然觉得它快要死了。

礼洋说，死了倒好，就怕它不死。如果它不死，无论我们怎么努力都救不了它。

我们别无选择地沉默了几天。

落叶栽倒地上的早上，我走进炊事班，看见礼洋一脸忧伤。他把我悄悄拉到一边，告诉我扎西已经很不适合待在这里了，有领导说它吃了炊事班那么多肉，还咬伤了人，与其看着它慢慢死，不如给它痛快一枪，扎西死定了。我听了十分焦虑，因为我知道那意味着什么。为了拯救扎西，我很快给我要好的战友都打了电话，可都无济于事，他们谁都不愿为一只狗去说情，我忐忑不安地等着那一天的到来，心里很悲伤。

落霞迟迟不肯离去的晚上，就在我为扎西命运想得难以入睡的时候，我忽然想出了一个连礼洋也没想到的主意——

我要把扎西偷偷放回雪山去。是死是活由它去吧,总比自己眼睁睁看着它死在枪口下要欣慰得多。天亮之前,我十分隐秘地来到扎西被关的地方,把长长的铁链斩断。不料,就在此时一束巨大的手电光忽然打在我脸上,让我一时睁不开眼睛。我掏出随身携带的红外线侦察袖珍手电朝着电光方向射过去,对方的手电光,顿时熄灭,我隐约看见一个模糊的人,他躲在墙角,脸上流满了泪水。当我刚要向他移去时,对方侧过身便消失得无影无踪。

我拉着扎西火速跑出军营。

背后传来急速的起床哨音。

天,渐渐泛红,泛蓝,泛白。

扎西不时回过头来张望。这时我听见背后有脚步声追来,但仍然看不清对方的脸。我加快脚步,扎西时而回头像是在问候后面追来的人,它的眼神里有种恋恋不舍的东西。此时,一缕通红的曙光已经彻底越过蓝色的地平线,温暖的晨曦沐浴在一个上等兵的脸上,原来那人是礼洋。

礼洋从炊事班给扎西带来了一块肉,扎西吃得很香。我知道礼洋很喜欢扎西,但扎西为何伤害礼洋却成了一个难以破解的谜。每次问到这个节骨眼上,礼洋就避而不谈,或是巧转话题。从礼洋的举动来看,扎西咬伤他的事他早已忘得一干二净了，或者说他完全原谅了扎西。

我毫不犹豫地解开扎西脖子上的皮带，用力拍了拍它的头说，好兄弟，去吧。

扎西用力甩了一下脖子，对突然获得的自由有些不适，它看看四周，缓慢走了几步，才明白是怎么回事。

我和礼洋向它挥手，示意它上路。

它撒开四腿，狂奔而去。我和礼洋一时不知所措，我们怎么也没想到它会这样绝尘离去。从内心来讲，我们都不愿离开它，可现实又让我们不得不分离，这自然是残酷的事情。

扎西跑出十几米远，忽然扭头狂乱地吼着朝我们跑了回来。我再次感到意外。一条藏獒如此反常的举动，让我无法揣摩出它此时的心理。礼洋默默地看着扎西，那表情像婴孩的脸。为了减少缠绵和凄楚割裂我的心，趁扎西观望雪山的时候，我拉着礼洋的手迅速地朝相反的方向跑去。扎西在后面一边追一边吼，那声音回荡在西天，像天籁里飘出一团绝唱的火焰，独立在经杆上的倦鸟展翅高飞，五彩经幡，轻舞飞扬，天籁有声，雪线无语。

我和礼洋飞快地躲进了山洞。扎西跑到前面的山梁，向远处望了望，又犹豫着跑回了原处。但它一下子发现我们不见了，显得无比慌乱和迷惑。我担心它不知道自己已经获得了自由，不懂得回到大自然中去，好几次想要爬出洞去和它握手说几句心里话，可几次都被礼洋颤抖的手狠狠拉住了。

扎西在原地徘徊了一阵，头一扬，便飞奔而去。

我们慢慢钻出山洞，在雪山下默默枯坐，望着扎西在风中摇晃的尾巴越来越模糊，我举目仰望远处的雪山，夺眶而出的眼泪淹没了我的双眸。

礼洋缓慢站起身，背对雪山深处的扎西，挥手道不出再见，直到它越过山岭，没了身影，他才哽咽着说："当扎西最无助的时候，我想到的是将它放回雪山，可是它不愿离开我，便一下子咬伤了我。"

我听了，心里空落落的，说不出一种什么感觉。

礼洋退伍不久，我收到一封来自查果拉的信，打开一看，信里夹着一张照片，一个笑容可掬的列兵抱着一只嗷嗷待哺的藏獒在雪线上颤动。

我对着照片尖叫了一声："好啊，礼洋，平时看不出来，关键时候，你小子却把老兵蒙在鼓里！"

有人说，这是巧合，我说，这是奇遇！这就是人与动物的奇遇。动物受到了人的帮助是可以记住人一辈子的。尽管大家分离了，但为了爱，即使茫茫雪山也阻碍不了坚定的信念，哪怕流浪也要找到对方。

女兵和狗

在拉萨,一个阳光照耀的午后,边防部队的几个小战士给我们团的女兵送来了一只狗。这个女兵是个喜剧演员,她喜欢狗是出了名的,可惜她宿舍里养的狗大大小小已有七八只了,净是些天南海北邮到世界屋脊来的狗,有人形容女兵的宿舍是富丽堂皇的狗窝窝。

那只狗浑身白毛,这种"白"是被尘土严重污染过的,因此灰头土脸的狗,看上去特别脏,皱巴巴的小鼻子也是黑漆漆的,甚至狗身上不时地散发出一种难闻的怪气味。因此,我没有给狗一个好脸色,当然,也没给女兵好脸色。在我眼里,这算不上一只漂亮的狗。它从纸盒里不以为然地探出脑袋,张开嘴,露出米粒儿大小不均的牙齿,惺忪着双眼,朝我作了个鬼脸,尤其是它门前缺了两颗看家本领牙的现实境况更是不容乐观,奇丑无比。它的模样让我看了第一眼就不想再看它一眼了。

莫非狗知道我不会喜欢它?

自然,狗也没给我好脸色。女兵一边听小战士介绍狗的来历,一边难为情地把目光投向我。女兵很想让我对这只狗产生好印象。女兵的表情比狗急躁得多,狗其实一点不浮,它像钟一样在纸盒里稳稳地经营着阳光与风声的时光。显然,女兵用尽所有的笑容平复了狗内心的无助与忐忑。我看狗时的表情一直处于雨夹雪再加冰的状态,这让女兵很是替狗担忧。女兵保持着充沛的笑容看我,但女兵看得更多的是狗。狗之命运成了女兵眼中的喜与悲。女兵的笑多是通过眼角的半条缝儿传递而出,那缝儿里仿若有鲜艳的两朵桃花绽放,那种扑鼻的芳香不动声色地感染着周围的空气。女兵的眼睛在我与狗之间来回穿梭。女兵的速度很快,生怕我再从狗身上挑出些不好的意见。

因为女兵提前替几个小战士为狗物色的主人就是我。

战士说狗是他们野外拉练时捡到的流浪狗,因为他们部队军事训练任务重,没时间爱狗,连队更不允许养狗,于是他们想到了曾为他们表演小品节目的女兵。

女兵蹲下身,观察了狗几分钟,眼睛灵机一动,然后伸出手抚摸狗的小脑袋,自言自语道:"怪可怜的,拜托你们,我亲爱的兄弟,能不能不要说它是流浪狗,你们知不知道,这话听起来多伤人家自尊呀!"

几个小战士列在一排,立正稍息,敬礼!大声应答道:"Yes!"

我在一旁扑哧一声笑了个鼻涕横飞。

女兵抱起狗,左摇摇,右晃晃,像是在哐一个半梦半醒之间的娃娃:哦,人家不是流浪狗了;噢,人家的爸爸就在身边呢……女兵优哉游哉就把狗抱到了我跟前:你快看,人家的玻璃眼球多透明呀,像个芭比娃娃!嘟嘟嘟……之后,女兵就要把狗往我怀里塞。可是我并不喜欢狗,更不喜欢担负责任。我纹丝不动地将双手抱在胸前,无奈地闭上眼,一任风儿吹乱我的头发,丝毫没有接纳狗的意思。此刻,女兵将狗抱得更紧了,她用头紧紧地挨着狗的头,生怕风吹走了狗的一根毛。女兵与狗窃窃私语,她的话像风的呢喃,一阵一阵地吹进我的耳朵:你有大把大把的时间养狗呀;你有的是耐心和善心对待我们的狗狗呀;你天天闭门在家写作更需要一只狗的陪伴呀,反正你连女朋友也没有呵……当我睁开眼时,战士们和狗泪眼汪汪地看着我,让我不知所措。

那一刻,我分不清自己看见的是狗的泪眼,还是战士们的眼泪,而女兵红着眼的泪珠儿,早已从桃花瓣里滚出来,湿透了狗的耳角。

战士们在风中异口同声喊:"老兵,求求你收下我们的狗狗吧!"

我迟疑地伸出双手。可女兵却退缩几步将狗拥在怀里,久久不肯交给我。女兵急匆匆将狗抱到了团里的热水房。女兵很生我的气，她怀疑我是不是传说中的冷血动物。女兵用手蒙住狗眼，她让狗不要多看我一眼。女兵把狗递给战士们抱着，然后一阵风似的跑回宿舍取来自家的一大堆护狗工具。女兵动作麻利，先用热水浇遍狗身上的每个部位，然后用手左拍拍、右拍拍，轻拍拍、重拍拍。女兵将双手搓出的肥皂泡泡轻轻盖在狗的身上，那轻柔柔滑润润的泡泡像是一件柔曼的披纱，我发现狗在女兵的护理下越来越漂亮了。

当我欲伸手欲搂抱狗的时候，女兵嘟哝着小嘴，一声尖叫："等一等，你这外貌协会的人，人家还没有打扮好呢！"

接着，女兵用吹风机开始给狗吹头发了，那清水与香精反复漂洗的毛发再也不染半点尘埃，在呜呜呜的电器轰鸣声中，在那把亮铮铮的梳子下面，展现出飘柔又光洁的美。最后，女兵让战士一人握一只狗的手和脚，他们将狗仰躺在女兵的膝盖上，女兵要给狗修剪指甲。很快，狗在女兵的口哨声中便进入休眠状态了。

当我再次伸手抱狗的时候，女兵狠狠瞪我一眼："哼，现在知道什么是漂亮了吧，人靠衣装，狗也要靠靓装呢。"话完，女兵从工具箱中掏出一件色彩混搭的小马甲，套在狗身上，然后，掷重将狗放在我怀里。

那一夜，我望着的不是狗，它好像一个洋娃娃，让人怎么也无法入睡。狗的眼睛好似在对我说：难道我们以前认识吗？

我在心里对狗狗说：不管认识与否，从现在开始，我叫你"乐乐"好吗？

乐乐摇摇头，一会儿钻进我的被窝，一会儿跃上我的书桌，尾巴不停地摇摆。从此，我每天都会从饭堂偷偷给乐乐带回一些食物。但我仍不敢说喜欢乐乐。我每次唤"乐乐"的时候，团里楼上楼下都会有很多种声音跟着唤乐乐。那不是我的回音，这只能证明乐乐是讨人喜欢的。起初，东张西望的乐乐不知该往哪个唤它的声音而去，时间久了，乐乐除了坐在我窗前的阳光下朝那些唤它名字的人点头微笑，从不离开我半步。我怀疑它是不是已钟情我敲击电脑的键盘声？

而女兵呢，三天两头会给乐乐送些正宗的狗粮来。女兵来看乐乐时，怀里总会抱着一只毛发黑得发亮的小布点。她嘴巴啧啧啧地吩咐小布点陪乐乐玩玩。当小布点纵身一跃而下，乐乐便躲得远远的。这情形很像刚从乡村出来的少年遇到繁华都市的少年多少有些不自信的拘谨。好静的乐乐总是躲着活泼有余的小不点，直到躲进床下，久久不肯出来，就连看一眼小不点，乐乐也不好意思。

乐乐既羞涩，又自卑。它过去的历史我无从知晓，也害怕知道。我知道对于乐乐的过去，知道得越少，就意味着我亏欠它的越少，对待它不冷不热的态度也就可以越来越理所当然，甚至有它无它，都能保持泰然。

更多的时候，面对乐乐可爱的眼睛，我选择了逃避。

半个月后的一天深夜，当我顶着星月从外面开会归来，刚进团大门口，乐乐便从柏树廊下冲了出来。它不停地"呜噜呜噜"地哼鸣着，在我前后左右疯狂地奔跑起来，忽然回头猛烈地扑进我怀里，大有一种受了委屈的悲伤与重逢救星的喜悦。那一刻，我既感到乐乐的无助，又身感作为狗主人的不负责任。因我的早出晚归，乐乐一天中无吃无喝，它是怎么从宿舍里跑出来的？它一定是饿慌了从狭窄的铁窗格子里挤出来的吧。灯光下，它喜忧参半的眼神如同与我诀别了一千年。

而这一切我竟忘得如此彻底。

乐乐！抱歉。

这件事一直让我自责不已。过去我不接受乐乐的原因就是担忧这样那样的事唯恐在我们的生活中发生，没想到它发生得如此之快。它让我难以正视自己的同时，更难面对将狗托付给我的女兵。这种复杂的情愫，女兵无法预知。在忽略与被忽略之间，像我这样单纯得天天和文字打交道的人很多时候连自己都照顾不好，哪还有本事照顾好一只动物。因此，我对乐乐，包括所有动物的情感都是强加克制的，这种克制导致了一开始与乐乐见面，我都在为离开它作准备。我是农村长大的孩子，狗狗在我的乡下只算畜生，我还没有学会像城里人一样有足够的情调来对一只狗给予人文关怀。我越来越担心往后的日子会越加地对不住乐乐，在我接到出差北京通知的第二天，我将乐乐还给了女兵。原本以为养狗经验丰富的女兵会把乐乐照顾得满意周道，哪知第三天，女兵来电说："你的乐乐不见了。"

我顿时陷入了不安。随时通知邻里密切关注乐乐的下落。有人说，时常看见乐乐出没在夜里，出现在我的门口。而白天却很难找寻。女兵发来的信息更是令人惆怅百结：有人看见乐乐与其他部队的狗混在一起，当女兵赶到绿草菁菁的军区操场，任凭她喊破了嗓子，乐乐头也不回，理都不理。女兵伤心地哭了。在北京的我为一只狗第一次落下了泪花。

乐乐，不是我不要你，是我的时间不够好好爱你。

七天之后，飞回拉萨，我见到乐乐与往常不一样了。它又恢复了小战士们刚送它来团里时的样儿，灰头土脸，有点落魄，有点狂妄，更多的是不信人间烟火的枉然和沮丧。可怕的是它见着我就躲，我前进，它则倒退，如同两个充满敌意的陌生人，眼神里装满了惊恐与猜疑。我把这个现象告诉了女兵，同时，我请求能够得到女兵的谅解，不是我对乐乐不好，我只是因为无法继续忍受动物与我的情感沦陷，我决定替乐乐重新找一家主人。

女兵伤心欲绝地说她真的不愿看到这个结局发生。女兵发动她的姐妹们趁机阻止，但我还是不顾一切地找来了拉萨诗人荒流。因为诗人在拉萨的时间比诗歌更自由。相信他有更自由的时间对待一只狗的生活，况且荒流见到乐乐的第一眼表现出的是欣赏与喜欢。荒流抱着乐乐，不停地发出笑声，那声音比婴儿的声音更贴心，他叫，乐乐也跟着他叫。荒流说他要将乐乐当作妹妹乔迁新居的礼物，他想给妹妹的女儿加加一个惊喜。

阳光下，我用几把骨头将乐乐骗上了荒流的自行车。为了不让乐乐认路造成原路返回，荒流找了个红色袋子罩着乐乐的头。他们就这样风驰在军营大道上，这道属于诗人的特别风景引来了不少好奇的目光，可惜快到军区大门口时，哨兵提前将荒流拦了下来。就在荒流交代自己是拉萨作协工作人员时，哨兵发威了："你一个'做鞋的'，跑到我们军营做什么？"争执不休时，乐乐抓住机会，挣脱袋子的束缚，虎虎生风地跑了回来，令我好生意外！它一个劲地撞击我的怀抱，对我居然满怀希望，它是在祈求我不要离开它吗？而我给它的却是一个比阴谋更残酷的现实！

几天之后，荒流找了部摩托车，从我处带走了乐乐。

几月之后，我问荒流有关乐乐的消息，荒流说乐乐在加加家里待了不足五天便跑了，他找遍拉萨也没踪迹。

我知道乐乐去了哪儿，只可惜我那时已离开拉萨。爱太深，容易看见伤痕，幸好曾经我提前主宰了悲伤来袭。

这一切，我不知女兵是否知道。

当几年之后想起乐乐时，诗人荒流已经在拉萨自杀三年了。尽管曾答应诗人生前的愿望，给他著文一篇，但至今没能找到确佳的灵感，真希望荒流在去天堂的路上，能邂逅心在流浪的乐乐。

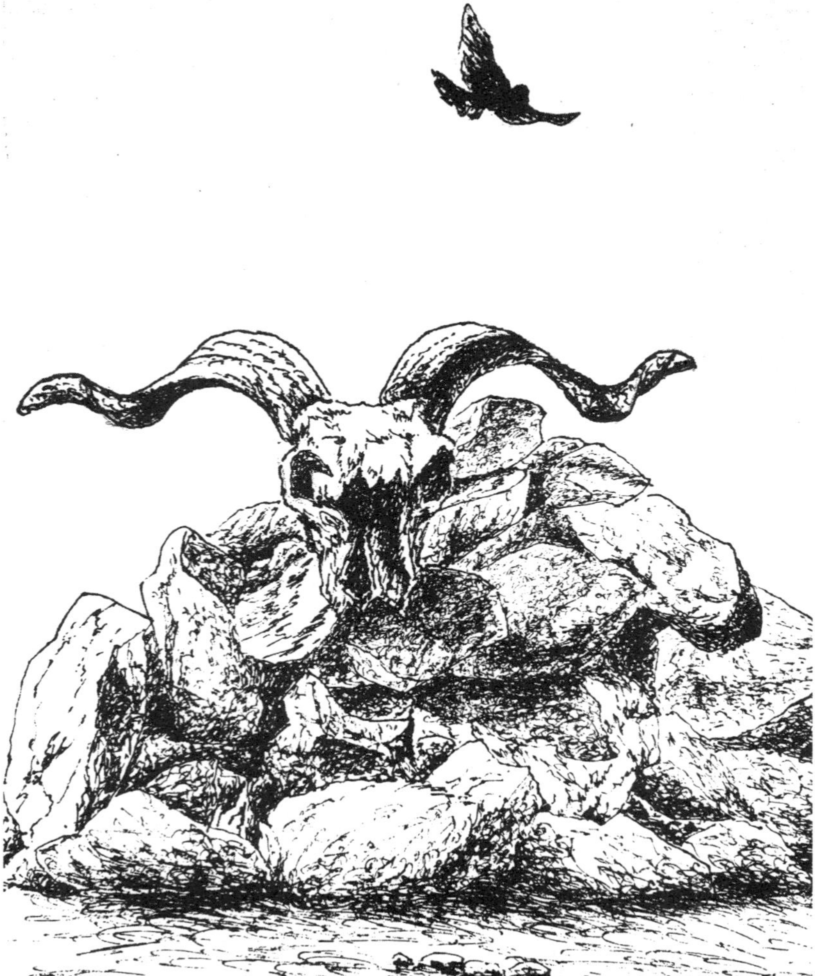

鹰群掠过

昏 鸦

你能否感知风起黄沙飞,仍有阳光灿烂照着你脸的黄昏,一万只昏鸦次第掠过哨兵头顶时,那一声压过一声的尖叫,在哨兵心里头将掀动怎样的波澜?

在西藏那条著名边境线上的一个风垭口,哨兵常常面对这样的黄昏。由于昏鸦的叫声,过去宁静的哨所突然兴奋起来,如同一个心事重重的老人。但在哨兵记忆深处,哨所永远是个一言不发的弱者。每当哨兵听见昏鸦的叫声,心里就十分惊慌,无限的想象张牙舞爪地纠缠着他那零乱的思绪。哨兵和哨所面对如此狂乱的叫声显得不知所措。哨兵不时地张望着哨所,而哨所哑口无言。这种沉默对抗沉默的方式盘踞在秋冬两季,哨兵总感觉心里透不过气来。

许多个昏鸦尖叫着掠过哨兵头顶的黄昏之后,哨兵内心就空空荡荡地生出几多烦闷。在那撕心裂肺的叫声里,哨兵隐隐约约地想到了什么?但哨兵难以描述具体的物象。很多时候,他只好趴在哨所窗前,像是有一种声响在耳畔飞来飞去,脑海里不停幻化出一万只金色的蜜蜂从远至近,又从近向远,循环往来一个又一个黄昏。哨兵讨厌黄昏,他常常紧闭双眼,被昏鸦的尖叫吵得头脑发昏。他难以阻止超脱他力量之外的想象。他想得最多的只是一个人——一个和他在哨所里度过美好时光的老兵。他想老兵，想他俩爬上哨所对面山上凝望隔着邻国的那条若即若离雪线的情景。想着想着，泪水就堵塞眼眶，想着想着，老兵就来到眼前，想着想着，一张空虚的脸就在记忆里模模糊糊地消失了，想着想着，想象成了一片空和白，想着想着，又到了黄黄的昏……

昏鸦掠过哨兵头顶，黄昏远去之后，大雪纷纷。哨兵总算从昏鸦的尖叫声里看见了黑的雪。

从此，哨兵喜欢一个人在黄昏里走出哨所去对面的山上看黄黄的昏。起初是散步去，一边走一边哼着优美的西部军谣，在歌声经营的氛围里经营着心事。可是老兵离开哨所后，他一个人去山上看黄昏的心情像是越来越淡了，脚步挪动得极其迟缓，往往走到一半时，暮色就在视平线上织起一层黄黄的沙，使得雪线之外的风景更加邈远。昏鸦一般就是在这时出现。哨兵从没见过那么多鸟盘旋在头顶——过去他和老兵见得最多的是纵横交错的几百只，他们不知道那些浑身泛黑，黑得发亮，嘴唇发红、形态像鸦的鸟来自何方？为此，他俩急着给鸟取名，说来说去都没离开"鸦"。老兵说是红嘴鸦。但他坚决不同意。他说由于缺乏考证所以根本不能轻易叫红嘴鸦，再说红嘴鸦在我们这个没有阴影的地方，听起来多可怕呀，像坏鸟儿的名字。

"除了红嘴鸦你就不能再取一个动听的鸟名吗？"他若有所思地问老兵。

老兵想了又思，思了又想，思走了黄昏，想来了黄昏，最终在头脑发昏的状态里尖叫了一声——昏鸦。

他痛快地叫了起来——昏鸦，昏鸦，昏鸦……那一声高过一声的"昏——鸦"一秒钟就传遍了无边的荒原。老兵感觉十分痛快，用迷彩服蒙着头顶学着鸦的样子，飞奔，盘旋，那一刻，他俩感觉一分钟就可以征服一座雪山……

老兵带着他在山上认识了昏鸦，并学着昏鸦的样子在山巅上盘旋了几圈之后，就离开了哨所。其实所谓的几圈，也就大概差不多三个月吧。

老兵走后，他就成了哨所唯一的老兵。

这天，他看见了成千上万只的昏鸦。最初是三个一伙、五只一群地在他头顶蹿动，吵吵嚷嚷的像在炫耀什么。他不理睬。可是头顶的昏鸦越来越多，直看得他头脑发昏，眼圈发黑。他很恼怒，张大小嘴就骂——昏鸦——你们这些头脑发昏的乌鸦，叫够了没有，到底叫够了没有……昏鸦们像是在嘲笑他的天真，次第掠过他的头顶。如此反复几次之后，一千对一万对翅膀扇动空气的声音刺激得他在地上跑动起来,但他怎么也跑不出鸦的影子,他再也忍不住孤立无助的悲伤,一放声就哭了出来,两腿再也撑不住,扑通一声坐在了地上。

"要是老兵在就好了。"他抬起头望着满天的昏鸦,内心里有一种渴望。

后来他干脆改散步为跑步去山上,可他越是怕昏鸦发现,他越是败在了昏鸦的眼睛里。

不久,上军校的老兵从城市里给他写来了这样一封信:在哨所时,我们以为昏鸦就是头脑发昏的乌鸦,离开哨所才知道,那不是昏鸦。《西藏民间文学》记载,那种鸟是藏民们所说的"炯嘎",它们群居在西藏以西地带,尖叫是一种预言,是在向你预报天气。因此,炯嘎尖叫过后的黑夜里,常常会有雪的降临……

他读了老兵的信很是不以为然,不愿称昏鸦为"炯嘎",他觉得"炯嘎"这个名字比红嘴鸦还难听。之后,他像是越过秋冬的昏鸦,在哨所盘旋了几圈之后,就彻底飞离了哨所。回到了四百公里以西的连队和没有鸟之声的城市。

在没有鸟之声的城市里,他常常想起昏鸦,想起暮色笼罩的哨所,昏一来,鸦们就忙着归巢——那是他在城市里怀想的一幅天然的水墨画。城市一旦失去了鸟叫声,繁华的美丽就显得有些苍白。他想他就是一只昏鸦，于是就学着昏鸦的叫声给在另一座城市上军校的老兵打电话。

"我想哨所的昏鸦想得头脑发昏呵！"这是他给老兵说的第一句话。老兵有同感，但就是想不出一句能表达自己此时想要说的话来。

他抽烟凝望着窗外的天空。他在想昨天都发生了什么事情？昨天的昨天为什么突然很遥远？

电话的两端只有一种声响——嘎哇啦，叽哇啦……像是舞台上束之高阁的两道光芒，缓缓升起的一千只一万只炯嘎还没轻轻飞过，他们二十郎当岁的身体就在城市这座舞台上演了从未有过的沉重和迷茫，郁结了几分青春的欢乐和悲伤……

两滴血

鸟在天上飞翔，它朴素得没有一对漂亮的翅膀。它看见藏羚羊在路桥下面的桥洞居住，不用在路桥上面辛劳的飞翔，它很羡慕，收拢沉重的翅膀，在洞口边停下来，朝洞里张望，那些藏羚羊看了它一眼，然后自顾自地闭上眼睛晒太阳。

鸟很自我，又很自卑，它知趣地跳到石堆上呼呼大睡，一觉醒来，它看见所有的藏羚羊全都跑光了，车刚刚从它眼前驶过，它举头望了望天，心情沮丧到了极点，然后开始起飞。

非常盲目，却是拼了命地飞。

它是要去寻找那些奔跑的藏羚羊吗？

它或许压根不知道自己该往哪个方向飞。

而此时的藏羚羊，早已跑出了它的视线。跑到了牧人要花几天时间才能抵达的喜马拉雅山的背面。它的眼睛一定比草原空旷，它沿着有电线杆的青藏线在飞，草原上散落的羊群并不多，好远的距离，才能发现两三只，它们吃饱了草料，站在云蒸霞蔚里，一动不动的样子，像是初出村庄的孩童。

时间大概已过十点，太阳完全跳上了地平线，随着那个红色的圆不断上升，念青唐古拉早已无法抵挡光芒，车上的人难以继续眺望前方，他们停止了谈笑风生，各自掏出墨镜，遮住灿灿金光。有的，闭上眼，静静地睡去，可心里还叨念着等在前面的风景。

车内，一片炽烈的宁静。坐在里面的人，什么也不说，感觉就像坐在一只飘移的风筝上，闭上眼睛就忘记了地平线。

忽然，"嘭"的一声眼睛就碎了，似乎让人来不及感受这一瞬间世界可能发生的什么改变，脑子一阵昏眩，接下来是一团影子，孩童般拳头大的影子下是鸟，跌落在挡风玻璃上的鸟，死了。

一只鸟说死就死了。

任何声音也没留下。

两滴血的结局，像油溅落在发烫的铁锅上。

"停下，快停下来，求求你，快停下来呀……"车里有人比运转飞快的轮胎还急。

司机一点不急，更没有停下的意思，相反，他比刚才的速度稍加快了一些。他目视前方，漫不经心地说，在青藏线，这样的鸟儿多着呢，我怎可能有伤害鸟的罪孽之心，可能是鸟自己要寻死，真拿它们没办法，跑青藏线这些年，我已经不止一次遇到类似的事情了。

无人再说什么。

阳光下油亮的青藏线，像一条青蛇潜伏在当雄草原。它的安静，它被太阳烧煮得呛人的气味，快要令人窒息。来往的车比路边啃草的牦牛更稀少，车子开过这样的地方，似乎比人更兴奋。远远看见，前面拐弯的地方交警正在忙碌，他们站在路边拉绳丈量血滴的距离，一个人的身子躺在路上，慌乱的牛羊正在牧人的带领下慢悠悠地过马路，零散的人站在那儿，表情被冷风吹得模模糊糊。车终于慢如蚕蛾，人们又开始说话了，只是，不再兴奋。

　　车到纳木错，我已无心看风景。心里一直想着那只鸟。它为何要自寻短见？太阳都出来了，它有什么想不开的呢？它一头撞上来，是不是要让我们提前预知前面有危险？或许，它就是赶来通知我们它遇见了死亡……我无法把对一只死鸟的疑问或悲伤与同行的朋友分享，他们几乎没听见那一声"嘭"的碎响，可我的心裂了，情碎了。

　　归去的路上，车窗外，发现鸟还躺在路边，它的身子在阳光下已被神圣风干。很想停下来，将它捧在手心，感知它离开人世的温度，可我知道，我本凡人，我离神圣太远，太远。鸟的生命本应该写在大自然，却被我写在了纸上，这是鸟的不幸，还是我的不幸？风把路边隆起的经幡吹得猎猎作响，我祈求风给它生的希望，它已在我心里永远不死。

乃堆拉的鸟

故事发生在一个大雪封山的冬天。

在乃堆拉距外军哨所仅有 27.5 米距离的观察哨，第一次上哨的列兵，面对空中传来的直升机轰鸣声，正紧张地操作着监控仪器，密切观察空中情况。他详细记录好空中情报后，透过防弹的玻璃窗，正好俯瞰到山口的界碑，上面几个红色的字体像他跳动的心脏。大朵大朵的雪，像棉花一样重重地落在地上。

他贴近结霜的窗户哈了口气，并通过那个气口向窗外仔细看了看，明亮的阳光铺在雪地上，雾气在地面上升腾。突然间，有一个在雪地上蠕动的黑点牵引了他的视线，他禁不住大喊了一声："呀——有鸟。"海拔 4545 米的乃堆拉山口是一个生命禁区，一年四季生命在这里很难存活。特别是大雪封山后，哨兵就成了乃堆拉唯一的心跳。哪里来的鸟儿？列兵心中顿时充满了好奇和疑问。他一步跨出哨门，马上又退了回来。他想起了哨兵的职责。于是从墙上取下一副望远镜。镜筒中，他看到了一只不知名的硕鸟，翅膀足有三尺长，全身漆黑一团，一动不动地望着观察哨里的他，那双灵敏的眼睛似在和他说话。

列兵迅速把鸟的消息传递给了乃堆拉哨所的老兵们。

这时，晴朗的天空下移过来几个戴大墨镜的老兵。他们在雪地里深一脚浅一脚地移动着优雅的脚步，打着秘密的手势，穿过长长的阶梯，一步一步滑向界碑，平稳地来到了观察哨附近的雪地上。

列兵左眼注视着那一列脚步轻盈的队列，右眼紧巴巴地盯住那只舞动翅膀的鸟。就在老兵们靠近鸟的时候，他惊讶地用手捂住了嘴巴。眼看，老兵们已经把那只鸟重重包围。列兵担心那伙粗暴惯了的家伙会对这只落单的鸟动粗。

老兵们一个个睁大眼睛，交头接耳，相互抱成一张网状，蹲下了身。那只鸟没等老兵们看清模样，扑哧一声站在了老兵们围成团的头顶上。习惯了寂寞的老兵面对此鸟突如其来的一跳，吓得眼神发直，眼珠鼓溜溜地转，双脚在雪地上发颤，久久不敢动弹。时间不知沉默了多久，老兵们长长的脖子时而抬起，时而弯下，你看我，我看你，没有任何声音。站在人头顶上的大鸟随着老兵们的节奏扑打着翅膀。他们像是在跳舞。

哨位上的列兵，看着老兵们与鸟的每一个举动，笑得合不拢嘴。

突然，十分突然，就在列兵笑逐颜开的一瞬间，那只鸟猛然腾空而起，快活地飞入天空，速度快得令人诧异。几个老兵学着鸟飞的样子，尖叫起来。他们丢掉大棉帽，展开双臂，大步流星，腾云驾雾，紧跟着鸟的方向。谁也没有想到，他们飞过观察哨，飞过山冈，最终与鸟一起飞进了乃堆拉哨所。

列兵换岗回到哨所的第一件事就是看鸟。因为这只鸟的出现，他惊喜交集，三天三夜没合上眼睡觉。

转年开春。天暖了，云开了，雪化了，列兵已成老兵了，他该下山准备考军校了。可就在他下山前的这一天，在执勤的观察哨里，他忽然看到一群鸟，足足有五六只，落在他的窗口，望着他久久不忍离去。他伸出手，轻轻地捉住其中一只小鸟，将它放进温暖的观察哨里。

他问小鸟，是什么原因让你们误入这高高的哨所呢？

鸟儿们回答，因为你们在这里太寂寞了，我们得知消息就从山下飞上来陪伴你们。当你们烦恼时，我们可以为你歌唱，当你疲惫时，我们可以为你舞蹈，当你们遇到危险困难时，我们可以下山求助……

他听了鸟儿们的回答，对去年冬天遇见的那只大鸟感恩不尽，于是他决定不再下山。他要同这些鸟儿们一起守候乃堆拉。虽然这里艰苦缺氧，但只要有鸟儿们的陪伴，就不会缺少欢乐。

又一年夏天，一位从北京到西藏采风的青年演员到了乃堆拉。当她手脚并用气喘吁吁爬上哨所的时候，惊奇地发现界碑下有四枚正在阳光下孵化的鸟蛋，一只大鸟蹲在其上咯咯咯地欢唱。当她迫不及待将这一重大发现告诉不远处站岗的他时，他目光坚定，注视远方，什么也没说。

演员十分纳闷，抬起头，只见蓝天上有无数只鸟儿在乃堆拉屋顶上盘旋，它们不停地鸣叫着，像是在欢迎她的到来。她被这生命禁区发出的生命之声震撼了，双脚忽然像上了发条一样，有力地走进乃堆拉，走进哨兵的心灵深处，她的激情被唤醒，艺术生命得到再生，她成功了！

她说，她要感谢乃堆拉的鸟，因为它们是天地间一切灵感的创造者。

哭泣的黑颈鹤

黑颈鹤是栖身于青藏高原的世界珍稀动物。

在丰盈的羌塘草原，它们一直享有仙鸟的美誉。

有一次，在格萨尔长诗中读到一则关于黑颈鹤的经典故事：王妃珠姆是白度母的化身，黑颈鹤则是珠姆王妃的神魂鸟。当年，岭国沦陷，大将在加察阵亡，王妃珠姆被挟到霍尔国，并逼她做古嘎王妃，因她宁死不屈，就被绑在三柱之尖，人间女中之明星——珠姆即将陨落时，三只神魂鸟神速降落于此，白天含水喂珠姆，夜晚用长长的翅膀护着她，使她终于得救。

初涉西藏民间文学的时候，《西藏民俗》主编塔热·次仁玉珍女士给我讲过生活在羌塘草原上黑颈鹤的故事。她说那是一只失去配偶的黑颈鹤，在统一的南归季节里，它一直没有如期起飞，而是守在对偶的亡灵身边不吃不喝，那凄迷的声韵犹如天边超度的安魂曲，直至自己活活饿死，最后成为野兽的食物。

以上两则故事，一则民间记载，一则听人口述，无不让我为之久久怅然与震撼。在这之前，我根本不会想到世界上还有如此神勇且对感情如此专一的禽类，而且它们就生活在这一片蓝得常常让我生疑的天空下。后来的后来，除了经常惦记那只为情而死的黑颈鹤，便是期许有朝一日，等我行过草原，我要好好地看一下黑颈鹤的眼睛。

青藏铁路开通之前，有幸与少数民族作家一行来到我国五大牧场之一的羌塘采风。在藏语里，许多人把羌塘叫"北方的高原"，传说是格萨尔王驰骋的疆场。在我眼里，这里的绿色并不如歌中唱的那样可以在风中荡气回肠——风吹，草不动，羊群在光斑中移动。短小的那扎（牧草）犹如军中男儿硬朗的板寸头。早在唐朝的地图上已标有"羌塘"这个地名了，它包含昆仑山、唐古拉山、冈底斯山、念青唐古拉山等区域。刚到这里，我们每个人就像四散的羊群，有的去帐篷里喝刚刚挤出的羊奶，有的在寻找草地上的野花，有的围着火跳锅庄，有的坐在草地上接过老牧人慷慨递上的生肉和小刀，在午后最好的阳光下慢慢咀嚼一个牧羊人的生活。

我们的终极目的是羌塘西端一个新兴的名镇——狮泉河。但为了传说中的黑颈鹤，我提前租来牧人的好马，在微微夕光中与他们分道扬镳。

我独自来到了安多县境内的一个小岛上。岛的周围是一些淡水湖，上面铺满了丰美的泥草和羊羔花，再远一些的地方可以看见黛蓝的山,多种颜色的山,山下住着几户藏族人家,帐房和羊群成了小岛的神秘点缀。牧羊的姑娘在暮色中踩着尚未解冻的冰层在岛上穿梭,这使我又增添了几分对金庸小说中尘世人间与美丽世外的迷惘,我在幻想中向岛的中央飞去,耳边有翅膀扇动空气的声响,那一刻我自己仿佛也长出了翅膀。我停在一排细细的七彩光柱上看黑颈鹤在七色火旁独舞,不是一只,是一群,那优美的舞姿和动听的声韵,使人仿佛可以抵达仙界。可不知为什么,其中一只体积极其硕大的黑颈鹤,一直不安地望着我,并发出凄凉的悲鸣,让我内心一阵颤抖——她有美丽的长翅膀,美人般的长腿,极富观赏性的长嘴,在她的翅膀下排放着一窝鹤蛋和几只刚出壳的小鹤,它们叽叽喳喳的声音和那只大鹤的声音形成了一支人和自然界听了都感觉伤怀的挽歌。她是生病了?还是在企盼什么?我百思不得其解又怕惊扰它们,只好小心翼翼地来到山下的藏族人家。

一个表情绝望的藏族少女在阿爸的安慰下不停抽泣,泪痕在她娇小的脸上涂成了一条三寸长的小溪流。我用藏语对他们说:"卓玛啦,岛上有一只黑颈鹤在哭泣,你们听见了吗?"

"它已经哭了整整一天了,有人拿走了它刚出生的孩子。

我阿姐骑马追盗鹤者去了,现在还未归来。"少女一边说,一边抹着眼泪。

拥有一头美丽卷发的阿爸看了我一眼,又垂头丧气地低下头,狠狠地吸着手中的鼻烟,他看上去很年轻,不知为何却沉默不言。

"每天早晚,我和阿姐都会到岛上看黑颈鹤的。春天来临时,我们,还有阿爸,都会站在岛上望着天空,盼我们的黑颈鹤从藏南归来,夏天我们会到草原上给黑颈鹤寻找它们喜爱的食物,多年来,我们这里的人一直不准外面的人靠近小岛一步,不准谁动它们一根羽毛。可是,可是这阵子,前来小岛看黑颈鹤的人越来越多,昨天因为放牧晚归,所以……唉。"

"卓玛啦,别难过,但愿你的阿姐可以找回那只小鹤。"

"多少年了,黑颈鹤一直与我们亲密的生活在这里,每当恶劣天气来临之前,她们就会展翅而飞,在空中发出高昂的叫声,以此告诉阿爸:快快收起帐篷外烤晒的奶渣,盖好那些燃料牛粪。"

我深深地叹了口气:"神鸟,真是神鸟呵!"

"别说啦,金珠玛(解放军),你,你到这里来做什么?"阿爸突然站起身,用疑惑的眼神盯着我。

"对不起,我不是来伤害她们的,请相信,请相信我和黑颈鹤有个约会,我断定那只被人偷走的小黑颈鹤一定会飞回到这里来。"

……

半年后,阿爸带着两个卓玛从羌塘坐车到拉萨找到了我。小卓玛对我说,在我走后的第三天,那一只幼小的黑颈鹤果真飞回来了,他们说不出有多高兴。阿爸还说,想不到金珠玛的预言真准,菩萨保佑,幸好她飞回来了,不然他现在还在误会我呢。大卓玛告诉我,此后,只要遇到有陌生人来的时候,小卓玛就会高声地喝令他们离黑颈鹤远些再远些,并声称那是拉萨金珠玛米小凌阿咕拉(哥哥)的黑颈鹤,请你们快点离开,不然他手上有枪。

听了之后,我既高兴又忧心,我知道我是在替那只悲伤的黑颈鹤担心,因为她流着泪的眼睛反复出现在我醒着的梦里。如果世界上有一条最短的溪流也需要人记住,那么就请记住黑颈鹤三寸长的泪眼吧。对于漫长的记忆,有时,记住最短的溪流远比记住最长的河流、最高的主峰、最大的沙漠更具深刻意义。

此鸟最相思

在去墨脱的路上,我在穿越原始森林的过程中,遇见一位门巴猎人。他胸前挂着几个大大小小的牛角,里面装满了火药和铁沙子,脖子上环着一张弓。

他的模样很像小时候我在电视上看到的济公和尚。

据带路的向导平措占堆讲,这个猎人是雅鲁藏布大峡谷出了名的神枪手。每一次进森林,他从没空着手出来过。可我们见到他时,他却垂头丧气,耷拉着脑袋,把枪杆子坐在屁股底下,一副无精打采的样子。当时,好奇的不是我,而是平措占堆。

似乎平措占堆对这个猎人已经相当熟悉了,他们一番交谈之后,经过平措占堆的翻译,我才知其中的原因。

猎人说,我今天很不舒服。其实我并不想伤害它们的。因为它们实在太小太小,身上根本没有二两肉,它们长得并不难看,甚至我一直觉得它们特别可爱。因为每次在我守候目标快要睡着的时候,都会听见它们清脆悦耳的歌唱。它们是在唱歌给我听吧,可能它们对我的脾气已经相当了解,知道我不会打它们的肉吃,但今天,它们真的惹怒了我。因为在它们的眼皮子底下，我守候的目标出现了，一只又大又肥的野兔已经朝我奔来。在我跟踪那只野兔子时，它们也随着我的视线在野兔子上空不停地穿梭，最要命的是，它们一直不停地唱着歌儿。我几次试图把它们赶跑，可又担心把那只野兔子赶跑了。于是，便蹲在树桩上等着，等它们飞走了，再放枪。可它们却老不走，而且歌唱声越来越大，像是故意要和我对着干。那只野兔子一定是嫌它们太吵了，趁我伸手掏鼻烟壶的刹那间，便跑得无影无踪了。我当时气急败坏到了极点，想到是它们把我的目标给破坏了，最气的是它们耽误了我守候太多的时间。

于是，便朝它们懊恼地放了一枪。

枪声之后，树枝上落下了三只鸟，其余几只鸟依然在树枝上纹丝不动。它们的声音高唱着，咕咕咕，喳喳喳，啦啦啦，在那三只死去的小家伙面前弹来跳去。我向它们走去，它们却像没看见我一样，根本没把我这个猎人放在眼里。那一刻，我感觉自己受到了莫大的侮辱，它们的歌声似在嘲笑我的无能，于是我愤怒地朝着它们又是"砰"的一枪。

这一枪之后，它们从树枝上落下了六只。

谁知，树枝上还剩一只在高唱着。

我几步跑到它跟前，它依然没有飞走的意思，我把枪口直接对准它的小脑袋，距离顶多只有几厘米，它依然不飞。你说，这怎不让人气上加气？我闭上眼，彻底疯了，脑袋嗡的一声巨响，我开了最后一枪，把它也干掉了。

世界从此安静下来了。

可是，可是，我现在感到后怕了，它们为什么不像我遇到的其他动物那样怕死呢？尤其是那最后一只，它明知道我要干掉它，可它依然要昂起头，高声歌唱，这，这样的家伙太可怕了。

我问猎人，那到底是一种什么鸟呢？

猎人说他也不知道，只好叫我们去看看那个现场。

平措占堆一溜烟钻进了森林。

我走了几步，却退了回来。

这时，猎人蜷缩着身子，双手捂着头，开始悲伤地哽咽起来。我背对猎人，静静地坐下来，面朝雅鲁藏布江大峡谷。

猎人说，几十年了，我从没伤害过它们，每次进出森林，它们都要向我示好，为我歌唱，尤其是在我迷路的时候，它们的每次出现，都给了我生命的希望。有一次在我狩猎守得打瞌睡时，一只蚂蟥正朝我手臂上袭来，是它们发狂的叫声驱走了正在对我下手的蚂蟥，甚至有时是它们站在我的肩膀或枪口上，带我走出困境的，我今天到底是怎么了，我是不是撞到鬼了！

话完，我听到"轰"的一声。当我转过身，看见平措占堆朝我跑来的时候，猎人的身影已经一点点坠落深不见底的峡谷。稀松的阳光，落在色彩花斑的蚂蟥身上，那些蚂蟥在满地的血星子里蠕动着，它们浑身正点点滴滴地变着不同的颜色。

平措占堆将十只残缺不全的鸟儿，轻轻地扔在我面前，然后，用手取下自己的眼镜，一边擦拭，一边喃喃自语道：此鸟最相思！

我看见那些体态玲珑的鸟儿，嘴红，背绿，尾小。

阳光抽搐的时候，峡谷里的瘴气便一点点升腾起来了。

之后，我们上路的心情，变得尤为复杂。

神灵的葬礼

一条弯弯曲曲的肠肠路,从山那边麻花般扭曲过来,又直直地伸向遥远的天边。一间石头砌成的低矮平房,如系在这条路绳上的一个死疙瘩,牢牢地任风雪怎么吹打也解不开它。

一个哨所。

一个只有两个兵的哨所。

它立在四千多米的海拔高度上,沉睡在冰山之爷喜马拉雅山的一道皱纹里,每天经受着寂寞的抚摸,全年仅有三个多月的时间是无雪期,可以让哨兵远远地看见绿色的生命而心跳狂乱。时间进入六月,飞雪的喜马拉雅犹如一只粗壮的手臂慢慢钻出冷冬的长袖。空气中偶尔吹来一股小草发芽的味道。冰山之爷的脸看上去不再那么冷峻,他时而面带笑容观望山下的草原部落,心中暗涌着季节变换的热切之情。

自从尼玛回到哨所后,我就改掉了从中午开始做饭的生活恶习,开始每天早晨按时起床生火做饭。这天早晨,我比任何一天都醒得早,尼玛还在床上打呼噜,我又一次听见了鸟的叫声。那一刻,我兴奋得全身发抖,裸着身子慌慌张张地扑到门外，我想看看鸟的样子。

　　站在望远架下，我看见山下蜿蜒的公路旁，搭起了一座座小帐篷，沿路有几个牧人在晃动。满坡的青黄仿佛在一夜之间彻底转绿。间或有栗色的马群和可爱的羊羔在风中突奔。在亮晶晶的阳光下，马鬃如锦闪烁，羊群如溜金般自由落地。

　　山下的景色，美如画廊，让人着迷！

　　那浅浅的绿地绿得比边塞诗人的诗句抒情。在我眼里，她甚至绿得比哨兵的军装珍贵。可是望一眼雪外天的云朵，她竟绿得让我难以置信。那一刻，我怀疑那一团绿地难道是隐士点化的结果？

　　喜马拉雅山下怎会有一片如此幻化的景象？

　　我调整了望远镜的方位，细眼看去，真真切切。

　　这不是幻象，更不是空想。这是我被山外的连队派到哨所半年之后第一次看到的边关绿景呵。

　　远处的一切都比我想象中的要生动。可哨所，安静得像个聋哑人的哨所如果不是因为这只鸟的出现，我一定会旋风般地跑下山去与那些牧人亲近，然后在草地上打几个滚，抱着那些可爱的小羊羔亲昵。然而，这一切都被一只突然袭来的鸟所打断了。它在小天窗外悲伤地飞翔，它十分忧怨，幽怨得让我看着它就想起一位走失在历史中的女词人。它已经在哨所的小天窗外飞了一个早晨了,像是在找寻什么,它的冠奇大,头上又像是立着一只凤尾蝶。它飞翔的姿势也特别地出神入化。它不像是一只一般的鸟在飞,而是像一只仙鹤在飞。可我无法断定它是不是仙鹤,但我就喜欢管它叫仙鹤。它的出现,一下子让我对天空产生了近于无限的膜拜。

因为,一直以来我都渴望仙鹤能把她那美丽的双翅借给我。我不求飞得太高太远,只愿到天上去吻一吻那透明的蓝就满足了。

尼玛说,懒得理它,那一定是一只傻鸟。

我说,尼玛,你不要闭着眼睛说梦话,你自己好好睁大眼睛看看吧,看它嘴通红,一身洁白,非常宁静和自信。这真是一只充满灵性的仙鹤。它简直就是鸟儿们的公主。刹那间,我像是走进了一个美丽的神话,感动至极。

尼玛在床上,翻过身,卷起被筒子,透过小天窗,懒洋洋地看了一眼那只飞得极低的仙鹤,对我的话不予理睬,倒头又睡。

在阳光镶边的碧波中,大朵大朵的云在漫游,有一片宁静的云挂在山腰像一只漂亮的小白兔,太阳温暖地放射着粗糙的光斑,奔跑的马群在山下由远至近。纯棉一般的雪,映着仙鹤的影子,像水影般飘摇,像白玉雕琢而成——我忽然感觉到，此时此刻，我也融化其中了。那只仙鹤像一个小美人把我的目光移来移去。她衔着五彩阳光的嘴唇如鸽血红的玛瑙。我用心灵一遍一遍地呵护她。我想只有喜马拉雅才有这么好看的仙鹤；只有春天的喜马拉雅才有这么美丽的仙鹤；只有在这样质感的光斑下才能洗出这么洁白的羽毛……

我把小天窗全部推开，将那只仙鹤娶进哨所。

可尼玛却一句话扫了我的兴。他说，这只傻鸟一定活不过这个春天。

我惊异地问，为什么呢？

尼玛说，这是一只落单的红嘴鸥，它的大家族现在已经飞越喜马拉雅山抵达印度洋了。在这样的高寒地带，它的力量是无法迎接春天的！而且，眼下就它一只红嘴鸥也无法飞越喜马拉雅山！看它失魂落魄的样子一定是被首领抛弃了。也许，在首领眼中它不过是一只很不起眼的没有地位的鸟，它没有飞越喜马拉雅山的信心和勇气，它即将死去，它的命运已成定局。

听到这里，我一气之下将手中刚倒满开水的玻璃杯砸在窗外的雪地上，白花花的气流从雪地里冒出来。我转身掀掉尼玛的被子，气急败坏地吼道："你太过分了，尼玛！你为什么要告诉我一个这么冷酷的现实？我心中原本有了一个神话，神话，美丽的神话你懂吗？你一下子给我打破了！打破得这么彻底，一丁点儿余地都没有。"

尼玛一脸坏笑，掖好被子，什么也不说！

当我再看那只仙鹤时，我的心情已经发生了微妙变化。我觉得一个美丽的神话还没来得及好好成长就死了。我忽然想对那只仙鹤说，你不是仙鹤，你只是我个人的仙鹤，你知道吗？你知道明天的命运吗？你为什么不和大家一起飞越喜马拉雅山去暖暖的印度洋呢？你为什么不？你这么年轻，即使飞不过那片天也可以留下点点痕迹……

我的喜马拉雅，我的冰山之爷，求求您救救我的仙鹤吧。

一直到离开哨所，走出喜马拉雅，我的脑海都映着这只仙鹤。多么美丽的一个神话，可是她在这个春天就会安静地闭上眼睛。我知道，因为哨所的安静，因为我的兴奋，她走得并不安心，她一定带走了我想要知道的秘密。

在两个人的哨所，我无能为力，面对一只鸟即将死去。

邦锦梅朵开遍草原的时候，山下成了一片水红色的海洋。我每天都全神贯注地看着那只一天不如一天的仙鹤，尽管我为它翻山越岭衔来了最适合它的灌木枝，衔来了干草，衔来了土块，但它的精神状态还是一日不如一日，就像我刚到哨所时的初冬心情一般枯萎。

尼玛和我，相对无言。

因为一只鸟的不幸造访，哨所成了我长达半个月的乐园。我不再无所事事地将小天窗望到天黑。我与美丽的仙鹤亲密无间，我们相依为命，在一个窝里取暖。我把最新鲜的水果罐头留给她，我轻轻吹一曲鹰笛，她就从我的床上跳下来，傻傻地站在我的肩膀上，怯弱地凝望着尼玛。

可毕竟，这一切都成了残忍的回忆。那个大雪飘飘的夜晚，一声惨烈的尖叫撕裂了夜的衣裳，她的声音十分微弱，仿佛蚂蚁行走在刀尖之上。我爬出被窝，面对烛光，独自坐到天亮。

在这只鸟的葬礼上，尼玛流着泪为它立了一块玛尼石的墓碑。我跪在雪地上，面朝喜马拉雅，用锋利的藏刀在墓碑上艰难地刻下七个碑文——

喜马拉雅的神灵

从此，青藏高原又多了一个让人祭奠神灵的春天。在苦苦的思念里，每一次凝望喜马拉雅，眼前就会浮现那些排山倒海的墓碑，在任何时空里，我便可以沿着雪的亮光，牵着风的衣裳，一飘千里抵达那个神圣的祭坛。

那一刻，仿佛有无数只鸟儿从天堂扑向人间……

鹰　影

还是在去纳木错的路上发现它们的。

仿佛静止的时光突然在向晌午转移,牛羊懒散地坐在草地上,静静地呆望着过路的车辆。而那一户户用土坯围起来的藏族人家,墙面上烙着密密麻麻的牛粪饼,它们的形状如高原的星星、月亮、太阳。车上的人总是因为它们的存在而把话题延伸到比燃烧更热烈的境地,多数时候那些牛羊是要数着这些符号过冬的。我们的车走过,草地上的牛羊,都掉头朝我们张望,它们发现了什么?此刻,没有谁会像我一样关注它们的表情,因为我太想听见它们跪拜藏北的心事了。

我们的车在泥泞中拐上拐下。仿佛又过了一座山,太阳依旧跟着我们一路跑上跑下,首先看到一个小村庄,这是从当雄进入纳木错的第一个村庄。这个村庄很难看到一条狗或几个人,低矮的房子,泥巴做成的栅栏,上面堆积了青稞秆,青稞秆上面挤满了黢黑的鸟儿,它们无拘无束的样子,像散落在大地上的粒粒青稞,只是看见我们的眼神时,有几分神思不定地发出一串亮脆脆的叫声。屋檐下经幡轻拂,院子里停着锈迹斑斑的农用车……一根圆木上,刻着"纳木错"三个红字，十分打眼，一个朴素的箭头，指明了一个让人放心不下而又狂热从容的方向……可是怎么也没想到，老司机会突然在这里减缓速度，然后，戛然而止。他自言自语道："看吧，那就是鹰。"我们的面孔上有了一丝不易察觉的紧张，因为平时我们个个都能扯开"山气"十足的嗓门唱《向往神鹰》，那种忘我的境界一定可以与鹰同行，抑或双手情不自禁地挥舞，神气得自己早已变成一只鹰。但实际上，我们离鹰的状态还很遥远，几乎从来没看清楚鹰的眼睛，更不用说鹰的内心了，只好不动声色地摇下玻璃窗，小心谨慎地把头挤出外面，看见鹰在山坡上憩息，它们扎成一堆，温度骤然上升，空气中正被那些散发着青稞秆味道的气息所覆盖，它们来自山坡收割后的各个角落，与鹰的味道，钻进我的鼻孔里。抬眼：鹰群里有一只潜伏的身躯已有半人高，它的慵懒像是刚刚吃饱了猎物，它带着血腥的嘴角不停地啄着颈部的羽毛，神态却掩不住眼中深藏着的犀利与警惕，紧裹着有点黑有点灰的羽毛宣扬着一种肃穆与庄重，鹰呵鹰，你真的是外国诗人形容的强盗吗？是不是你抢走了此地的金银财宝，村庄才变得如此空旷，你能否在一夜之间为他们带来繁荣吉祥，或让村庄里的人们不再为生老病死而一生超度？

此时，外国诗人什么也没说，悄悄地下了车，像一个特务，利用车身挡住强盗的目光，举着数码欲靠近，不知不觉，惊吓了其中一只鹰，于是，所有的鹰都轻展双翅逃离了现场，"猛烈"是它们展开双翅时的印象，但它们的身影却是无比轻盈的，一秒钟就栖身于十几米外的空地，依旧是冷冷的孤傲，看都不看我们一眼。迅速调整视线，立即锁定天空中一个越来越大的黑点，生怕它从缺氧的记忆中消失再也找不回来，你看它的翅膀扇动的痕迹与雪山的背景相映，更显它那曾经遮蔽过无数罪恶的黑暗。驭风而行的雄姿自在而潇洒，神鹰正在翱翔，它冲破了所有眼睛组成的防线。

而满山的青稞秆燃放出一缕缕青烟的时候，我正惊异于鹰灵敏的嗅觉器官，它们在烟尘里使得本来就很难辨认如繁体字般的影子更加模糊，但却总也看不倦……

沿着湖岸走了良久，最终明白不可能带走一块明亮的石头时，只好失落地返回，经过一座简陋的玛尼堆，又见合掌石的上空有神鹰展着黑亮的翅膀，穿行于午后薄薄的云层中，像一缕黑色的光束，与那些闪着白翅，穿梭在经幡狂舞中的鸥鸟，一同消失在水边。它们像是纳木错怀抱里的精灵鬼怪，它们一旦在这个地方驻扎下来，就再不会像人一样来了就走。当纳木错上空的神鹰再次飞进记忆中时已是昨夜的梦回，在梦中，我大声地对着那只自由飞翔的鹰说，如果你是神，就让我抵达吧,让我载着灵魂的喜悦,触着雪山的冰冷,亲着湖水的生机,让所有山川大地在我翅膀滑动的弧线中缓慢地消失,最后只剩下一滴泪花,从高空中快镜头似的直落湖面——这便是一个神话的诞生,它的神奇在于许多人的未知,或难以体验,最后不得不依附于传说。

醒来时已是无语黯然,很久很久之后,我才穿衣服,伸懒腰。太阳照常升起,可我没有福气同她舞蹈,忽然发现生活中的人一个都不神,尽管我始终不停地仰望神鹰,但我看见的仍是鹰的影子,铁一样,让我脸色紫青,眼睛发黑……

2019.1.21

寻找一只鹰

黄昏一定是金色的。现在,我停在西南角一座挤满人群的城市忆念西藏那金色的黄昏。

十万道霞光如同一块染色的布匹立体地挂在黄尘之上,雪线以下的山峦彻底呈示暗黄,好像美术馆里的墙壁。

曾经离我最近的西藏,现在我离它最远,忆念中的黄昏是一种无限制的美。

一汪山泉是传说中的流行歌曲,一个声音唱着屋脊的沧海一粟。

西藏,吐蕃政权的背影:重叠苍老的黄昏。

黄昏鹰飞,苍老中越显苍老,鹰在血红的天空之中盘旋,它诡异、凶猛,从不让我看清它的眼睛,它佩戴闪电和雷霆,高天拂地,它是否像我一样缺氧?

我曾听到一双强健翅膀扇动空气的声音——可那分明是漂泊者的绝望,像军歌一样嘹亮。

我所知道的鹰不像其他鸟可以经常出现在人们的视线,所以,一直以来,鹰成了我永恒的眷恋。它模糊的影子,像一个蒙面的侠客,试图将我的心扯到九千米的高度。

鹰每次出现，总让我眼睛泛黑，望成一滴幻影。

远处，最高的山峦和雪峰，像岁月的遗照，被日月呵护，被深远的时光擦亮。雪落，鹰沉，天空一瞬间从梦中醒来，阳光当空，兴奋的鹰滑动蓝色星球博大的家园，再次把自由的高度提升。

在泛黄的页码上，我极不喜欢那些把鹰比作成吉思汗和希特勒的诗人，在思绪纷飞的西藏，鹰是我夜落客栈的力量，鹰教会我如何在黑夜里飞翔——

我在寻找那只鹰
它一定知道黑色金属的秘密
在光和光重叠的黄昏
鹰就一个字
如果我能说出它
我就是神

黄昏一定是金色美丽的！光，从云缝之中狂泻而下。想着那里，我的确有双美丽的翅膀。

如果今夜让我重临西藏，不用望远镜就可以看到我的小木屋窗前那些在尘埃里归去的生灵，忽略这些生灵的不是高高在上的坚固碉堡，而是历史举起的那些在风雪中独自泛白的城墙。

太阳终于西沉，好像十分钟才发生一点细微的变化，又好像一秒钟就变得让人难以把握方向，在雪域大地的表面出现斑驳精致的色块。

我想飞……可是周围的大地低声呻吟，翅膀抖动了一下，我看见一座座残雪的山，在我的脚下缓慢移动——

鹰呵，请你用格萨尔王传诵的唱词，把我带回神的客栈！

预　言

鹰的预言：藏北正在死亡。

死亡是一件每个人都可预知，却又常常被遗忘的事情，这本来是人类的必修功课。在没有深入藏北的细节之前，我从没有想过人生如此简单却又复杂无比的问题。所幸的是这一切都有鹰的暗示。鹰是这个世界见多识广的庞然大物，它们在暗处为人类灵魂引路，它们总是在我们车的前方闪烁其词，像一个笑面人待在玻璃反观镜后面向那些奇形怪状的玛尼石发号施令，连贴在风马旗身上的雪花也见不到它的脸。

所有的路全部被雪啃断、吞噬，凶猛得一点骨头也不留，而鹰和雪还在飞翔。它们在零下三十七点五摄氏度的冷空气中搏杀，在海拔四千多米之上的高空偷袭目标，可除了白色，它们找不到任何着陆之物。雪迅速查封了所有活着的信息，剩下受伤的鹰在高空孤零零地嘶鸣，鹰在天上看到了人间藏北的死亡。最后，鹰和鹰只有相互蚕食，因为它们已找不到雪地里的食物。

暴风一直在穿越中冷笑。

这样的景致持续了七天。

雪成了最大的胜利者。雪不仅打败了鹰,雪把人间的一切珍稀之物全都藏匿起来,虫草没了,青稞没了,雪莲没了,藏红花没了……结伴同行的羊群被雪驱散,牦牛呼啦啦地乱作一团,一闪眼便没了踪影。雪让整个世界消失在荒芜尽头,雪让大地一败涂地之后,又将目标锁定于浩如烟海的天空,鹰成了雪最大的打击目标。雪要将鹰这样的空中警察一个个活捉,然后活活地饿死。雪是一个疯狂的杀手,更是一个白色的谜团,只要陷入,就很难自拔,反之必将越陷越深。

新鲜的鹰血滴落在挡风玻璃上,一眨眼就成了冰粒子。

眼看我们的车就将被雪活埋。远处,一声鹰的尖叫,划破天空阴郁的脸,若白驹过隙,忽然而已,跌落深渊。

可一路上,我们把仅有的粮和药都已送给那些从深雪里逃出来的藏族人,眼下车里生病的人在我们的眼皮子底下眼睁睁地等待死亡——他是唯一识路的人,是我们从湖边捡上车的一个热巴艺人。热巴,在藏语里多为"流浪"的意思。在雪域大地行走,随时都有可能在路上遇见热巴艺人,他们不仅会表演藏戏,还会很多神秘的绝活。他怀抱里有一只法鼓,蓬松的头发像旧时的农家人用来编蓑衣的草叶。他不停地双手合十,说,只要你们能赶走夺我命的鹰,我就可以带你们走出白灾。原本,他是要去那曲参加活动表演的,那条路对于他来说熟悉得好比回家,可鹰和雪挡住了他的去路,还差点丢命。说完,他便闭上眼,失去了颤抖的声音。此时,他像死了似的低垂着头,下巴耷拉在皮包瘦骨的鼓面上。

驾驶员是个年轻的小兵,他说他活了十八岁从来没见过这么大的雪,因为他的家乡南方从来没有关于雪的任何消息。雪的过去于小兵是一场空白的回忆,而现在,雪在小兵呆滞的眼里是一场陌生的奇遇;我不在乎雪,我在西藏看惯了雪的各种表情,雪最终的结局都是残酷多于抒情,美丽不过是死亡的开始,雪太多,多得千辆坦克和万艘船只也载不动,面对雪的虚伪与潜规则,我更想揭穿鹰的秘密。鹰是运送人类理想的向导。小兵小心地伸出手去摸了摸热巴艺人的鼓,可是等待我们的却是一个大大的意外,热巴艺人突然仰起头,发出怪声大笑,他的头上流了许多血,他的笑声有着原始部落唱词般优美的旋律,那笑声随着血染红了白骨般的鼓面,也染红了他额骨的一绺银发。热巴艺人的头是被天上的鹰用锋利的嘴角刺破的,鹰正打算干掉他时,正巧遇上我们的车经过。

血还在滴,那是从天空的小黑洞里流出的血。鹰就是一个黑色的天之洞,像一个镂空的逗号,那时的天空是一个无形的瓶子,鹰就是一个皮软的小塞子。车上不安的我,将一个不锈钢的法式打火机内部零件拆散后，放在挡风玻璃上接天上滴落的鹰血。鹰的叫声凄惨、凄惨，雪飘落在凄凄惨惨的叫声里，染红了落在车上的凌与霜，它们在寒冷的空气中，变幻着奇异的色彩，而那飘来荡去的鹰叫声宛如天堂里送别灵魂的曲子。大片大片的草场都被雪覆盖了。当少有的阳光在天边蠢蠢欲动的时候，我听到了冰块在阳光容器里搅拌的声音。突然，雪地里便有了动机，那是一只鹰从高空坠落的地方，一个黑影点燃了我的眼睛——排山倒海的牦牛沉睡七天七夜之后复活了。雪在地面上翻滚，牦牛在细雪中呼啸，像是汹涌的海浪一阵一阵撞击着冰山。此刻，冰山在后退，饥饿的牦牛啃食的不是草，也不是粮，而是牧羊女的围巾和红头穗。紧接着，我看见的是一群羊，它们在牦牛的嘴边如送进灶里的干柴。牦牛吃净了死去羊尸上的毛，最终还是难逃死亡——它们沉重地倒在那些脱光了毛的羊身上，雪片很快将它们彻底覆盖。

　　滴答、滴答、滴答……二十九秒，这是一头牦牛倒地死亡的全部过程。

　　我从衣袋里掏出老怀表，用力握住这个无法握别的旧时间——

　　一九九九年五月二十八日午后一点三十分。

不是冬天胜似冬天的日子，百年不遇的暴风雪从这里进入藏北史志，死亡成了册页里绕不过去的词汇。翻开目录，卷首语里写满的是雪的狂奔、呼喊、流浪、失散的家园，无数牲畜不堪寒冷纷纷倒下……而有关一本藏北编年史的核心内容，我只记住了：鹰和雪。这一黑一白的藏北意象，仿若铁与棉花，其实它们组成的是阴阳相邻的世界，怎么也分不开生命融为一体的悲剧写照。

在藏北草原这片广袤无边的疆域里，风与雪所挟带的自然力量轻易地主宰着原本脆弱的生命。那些奔走在雪线的人早已不见踪迹，他们或许已经走出藏北，但他们再也走不出白色的回忆。当最后一只鹰滴尽最后一滴血时，我盖住那个打火机，在车上闭眼，等待天堂。而此时，雪化成的冰已经在我们的座位上漫延、闪光、变硬。当我睁开惺忪睡眼的时候，小兵已经拉着我的手，在没入膝盖的雪中穿行。世界一片静谧，走在我们前面的一直是热巴艺人。他低着头，许久才回一次头，似乎他已经走了很远，我能感觉他眼神的力量，尽管我不愿意多看一眼他那布满血丝的眼睛。他能带领我们走出这一场罕见的白灾吗？此时，他最相信的是青稞，因此他想得最多的也是青稞，只要看见遥远的青稞，他就可以坐下来，长喘一口气了。有了青稞，就有了生命的脉动。这是小兵还不太懂的事情。热巴艺人一边催促小兵加快步伐，一边呼喊着："青稞，快呀，前面就能看见青稞了。"小兵站在远远的地方停滞不前，他斜着身子，靠在一棵被雪烧成碳的唐柳下，用四十五度角对视冰雪天中的热巴艺人。我回头看了看我们的车——那辆老吉普在雪中像一只血流成冰的鹰，在厚厚的雪堆里，它恰似鹰的坟茔。

在所有生命没有醒来的时候，鹰就是雪的图腾。然而，白灾的代价往往要让世界最自然的美丽成为仇敌。

鹰背上的少年

这世上有谁知道他从何处来呢?

好些天了,他一直徘徊在拉萨河畔发呆。干枯得近于燃烧的草儿,好比他蜡黄又脏黑的脸。河风撩动着他破破烂烂的羊皮袄,看上去像层层叠叠的羽毛,他额上黑得如一团牛毛发亮的卷丝,被风吹得东倒西歪。他身后是一座座长不出青草的山,一派被阳光和雪水冲击得锈迹斑斑的山体,宛如他身上那件脏不拉叽的羊皮袄。山上的经幡不分白天黑夜地飘舞着。他时而侧过身,背对拉萨,仰望那些随风飘荡的经幡。他是否听懂了五彩经幡传递出上苍千年的祈愿?他低着头不知所措地转过身来,不敢多看拉萨一眼。

横亘在他面前的是一座大桥。桥头伫立的哨兵,好些天,看都没看他一眼。

桥的那边,是人声鼎沸的拉萨。

大地上光斑在移动,他瘦长的身子也在移动。他踮起脚尖,像一只渴望飞翔的大鹰,拖着沉重的羽毛,缓慢地跑了几步,又垂头丧气地停了下来。他的脚趾不知何时已露在靴子之外。他低头看了看自己的脚,没有理会那几根红肿得像红萝卜一样的脚趾,虽然上面已经布满了小石榴般的脓疮。可他懒得理会它们,任它们这么嚣张着。他围着自己的影子,在原地转了个圈,无人看他。他不停地用那双充满奇异的眼睛躲避着冷暗的光斑,除此之外,这个世界不停看着他的,似乎只剩下了风。风,来自四面八方的风,都在往他的方向吹。他的眼睛在风中多了几分混浊和迷茫,还有寂然。他用手抚了抚冰凉的脸,像一个放了气的篮球一下子跌陷在草地上,无精打采地来回滚动了几下,突然又像加足了气的一只气球从草地上飘浮而起。他突然睁大了眼睛,蓝墨水一样的水面看见了他的脸,那上面有一双惊恐的眼睛,里面布满血丝,他快不认识自己了。他躬起身,掬起一捧河水,抚在自己脸上,心情顿时平静了许多。但河水比他的心情更倾于平静,那缓缓流动的气息,就像拉萨城里飘出的一首首美妙情歌。他盘腿坐在河边,忽然抬头看了一眼偌大的天空。此时的天空是红色的,红得有点儿令他不知所措,拉萨的天真是奇怪啊!一抹红得发紫的夕阳正从西边山上漫过河面,涉过拉萨的大街小巷,缓慢地爬上布达拉宫的脸。这一刻,他望着布达拉宫的复杂建筑发呆,那真是世界上最美的房子呀。他从没见过,他被红色的天空和那些老房子拉直了目光。但是,很快他的眼睛就开始敏捷地转动,然后,微微低头,双手合十，闭目祈愿。他的嘴唇嚅动得飞快。

没有人知道河边的这个无名少年，他是谁？他在干什么。没有人注意。

那么多车辆和人群从桥上呼啸而过……

这一回，他看到了大昭寺的桑烟，听到了布达拉宫的法号，还有哲蚌寺那一排排经轮转动的响声。他的眼睛不时地一张一合，人潮涌动的画面像一张张网向他忆念的世界撒下来。他不知拉萨究竟住了些什么样的人？也不知拉萨天天都发生着怎样的故事。他看着这个陌生的城市，这个奇形怪状的城市，这片离他心灵遥不可及的风景。除了发呆，别无选择。

桥上这些天到底过了多少人，来往了多少辆车，他不知道，也无心去看，他在想着谁能替他解决昨天的昨天发生的事情呢。没有人了解他，很久，他都在那里枯坐着，像油画里一根僵死的木桩。他正绞尽脑汁地想着如何解决问题，桥上的哨兵急火火地朝他跑过来了。

"嘿，这些天，你在这里都看到了什么？"

他摇摇头。

"对面就是拉萨，你可以从桥上过去呀。"

他摇摇头。

"我早就注意到你了，你一定想去拉萨，对吧？"

他摇摇头。

"你什么意思?"

他依然摇头。

"我真拿你没办法。一句话也不说,你究竟啥意思嘛?"哨兵上下打量着他,看着他红得吐血的眼睛,一下子又看到了他红肿的脚趾,哨兵有些急了:"你,你的脚这是怎么了?哎,我忘了,你是不是听不懂汉语?"

他摇摇头,目不转睛地看着哨兵。

"你总是摇头,我,我,我不懂你啥意思?"哨兵狠狠地朝着地上踩了几脚,然后把目光从他脚上移到他脸上,转念一想:"咦,你一定是饿了吧?走,跟我走。"

哨兵拉着他的手,很快把他带回了桥边的岗亭里:"来,你坐在这里烤火。"

他站在一边,看了一眼哨兵,又看了一眼那个碗口大的红通通的电炉,没动。

"坐下吧,坐到这里来烤火吃东西。"

哨兵给他馒头,给他包子,给他牛奶,给他可乐,给他巧克力。可他都依次摇头,不吃。哨兵拿他没办法,眼睛不住地盯在他身上搜来搜去。他看都不看哨兵一眼,慢慢地端坐在炉火旁,扫了一眼哨兵挂在墙上的钢盔帽和盾牌,不知不觉，一下子把眼睛落在了哨兵斜挎在胸的枪上。那是一只81-1式步枪。外壳亮锃锃的，像镀了一层光泽透明的枪油，在他的眼里却好似一把寒光凛冽的刀。许久，他都沉浸在对枪的注视中，哨兵不知所措。突然，他的眼神从那支枪上猛然转移到哨兵眼睛里。哨兵看着他咄咄逼人的眼神，被他盯得不由自主地往后退了几步，哨兵心里发怵，不知如何是好。他眼睛里露出可怕的光亮，简直有点儿得寸进尺，让哨兵感到自己像是做错了什么事情。当哨兵正欲问他的时候，他却不再看哨兵了。哨兵只好小心翼翼伸过手去摸他腰间挂着的那把藏刀。然后请求说："借我玩一下好吗？你的刀，真漂亮，我喜欢，很粗犷，有牧人的味道。你一定喜欢我的枪吧？来来来，喜欢就让你挎一下，嘿嘿。"哨兵很热情地表现，满以为他会爽朗地答应，可他一点儿反应也没有，仍然只是摇头，不仅没有接哨兵双手递过的枪，还双手自觉地护着他的刀鞘，很用力，好像它会被哨兵抢去似的。哨兵急忙把枪收了回来，心想自己怎么会遇到一个这么难沟通的人。哼！算是我遇上倒霉蛋了。哨兵转过身，从箱子里拿出一桶康师傅方便面，朝他指了指这个。他依然摇头，摇得拨浪鼓似的。哨兵拂拂袖，一点不客气了，心想你这人怎么会这也不是，那也不是，你到底要怎么样？哨兵于是怒火冲天地摇着他的双肩:"你不吃,你不吃只会像上次那个流浪的小孩,饿死在这桥下。我可不想再被群众误会骂我见死不救。喂,你总得说句话吧,告诉我,你叫什么名字?你是不习惯吃这些东西,还是嫌味道不够好呀?你不吃,只能看着河里的鱼儿吃了。"哨兵一边说,一边将手狠狠地一推,那些七零八碎的东西统统掉进窗外的河,河水咕咚一声,就吞咽了它们。哨兵的恼怒并没有停歇。哨兵想,你不吃,让河里的鱼儿吃。哪里来的野孩子,气死我啦!哨兵把牙咬得咯咯嘣嘣的,哨兵感到牙齿像是被什么东西狠狠地扎了一下,想对着他狠狠骂一声,可是,哨兵很快觉察到他诡异的眼神,还有他红萝卜一样粗壮的脚趾头,哨兵慢慢地恢复了平静,最终什么也没有骂出来。哨兵无可奈何,却找不到理由对他微笑,就那样袖着手,傻站在那里,风从脖子里灌进来,好凉。

他突然站起身,黯淡的眼神在那一撮浓黑的卷丝下怒气冲冲地盯了哨兵一眼,然后,一声尖叫,一阵风似的朝门外扑了出去。哨兵伸过手,欲拉他回来。他拼命地跑,一眨眼跑就出了岗亭。那一刻,他的速度像是天上的雄鹰在飞,一瞬间,就飞出了哨兵的视野。

哨兵冲下岗亭,停在桥上,望着远方他逐渐消失的影子,耳畔全是他怪怪的叫声。哨兵锁着眉,朝那声音看去,却什么也没有,再看,还是什么也没有。车流依旧,拉萨河无声地流淌,虚弱的太阳挂在空中,像刚哭过脸儿似的。

  这些天,只要不执勤,哨兵就开始到处找他。哨兵沿着河流上下找了数十公里,也没看见他的影子。哨兵开始在岗亭里吐烟圈,捶打窗子,责怪自己,错了,错了,可到底错在哪里?为什么自己每天可以守护桥上来往车辆和行人的安全,却怎么也弄不懂一个藏族少年的心?他从哪里来?要到哪里去?他到底在想些什么?为什么所有问题到了他面前,他都是一副摇摇头的样子?他是要去寻找拉萨的亲人吗?尽管拉萨就在他眼前,可谁也没看见他从桥上经过。他为什么不愿过桥那边的拉萨去?包括天天在桥上执勤的其他哨兵也都想不通。哨兵猜不透他为何不直接进入拉萨?他的徘徊又能说明什么呢?如今他究竟去了哪里?哨兵想着这些的时候,已经把双脚插进了拉萨的大街小巷。这些天哨兵像疯了一样,见人就问。哨兵急急忙忙地问了好多人。好多人看都不看哨兵一眼,只顾摇头。哨兵看着那么多人都在摇头,愈迫切地想早点找到对自己一直摇头的他——

  "告诉我,你们快告诉我,他到底去了哪里?"哨兵跑过一条又一条的街道,最后停在布达拉广场,对着天空大喊,声音飘过唐东杰布屋顶的云朵,就像瞬间飞过的一只鹰,它似乎连羽毛都没有让哨兵看清，很快消失在一片丝绒般湛蓝的天宇之中。

哨兵又吼了一声。

无人应答。哨兵闭上眼睛站了一会儿。最后只好拖着疲惫的双腿，来到了他前些天出没的河边。哨兵总想在河边找到关于他的蛛丝马迹。可是他没有留下任何痕迹，就像鹰群掠过的天空，一片羽毛也没落下。哨兵坐下来，坐在风里。再无心情看一眼蓝蓝的天空，现在只想休息。哨兵闭着眼，掏出香烟，盘腿坐在向阳的草地，河对面是哨兵自认为很熟悉的圣地拉萨。哨兵一边吸烟，脑海里一边清晰地浮现出刚刚马不停蹄走过的布达拉宫广场，人潮人海的大昭寺，琳琅满目的冲赛康、夺底路、娘热路、德吉路、色拉路、当热路、金珠路……想着，想着，一阵风沙从远远的地方袭来，拉萨渐渐模糊。哨兵睁开眼，望着被风沙席卷的拉萨，眼睛像是眯进了沙子直发痛，内心由此产生强烈的怀疑。这座守护近两年的城市，在哨兵眼里一下子变得那么遥远。它像一座陌生的城堡，令哨兵在这个起风的下午找不到答案。哨兵眨了眨眼睛，望着风尘滚滚的拉萨，烟，一支接一支地抽个没完。哨兵什么都不想干，甚至忘记了去岗亭换岗，哨兵像被这个下午的风擦亮了眼睛，却又感觉是撞昏了大脑。他到底去哪儿了呢？难道他真是鹰变的会飞吗？怎么我一个军人追不过一个少年？我是不是太失职了？哨兵对自己感到失望，当然并不是仅仅因为身上的这套制服，重要的是哨兵为自己的无力感到惊讶。他怎么像风一样眨眼就没了呢？阵阵河风拂面，哨兵丢下手指上最后一只烟蒂，倒在地上，什么也不想，便沉沉地睡过去了。确切地说，哨兵是昏过去的。这些天，他太累了。

不知何时，风里传来了一种特别的声响。这声响极大，有一种石破天惊的震撼，哨兵从来没有听过。哪里来的这声音呢？哨兵只是从电视上的海面听到过类似被浪涛打得惊心的鸥音。这声音惊醒了睡梦中的哨兵——莫非是他的声音？他怎么会发出这么奇怪的声音呢？分明夹杂着鹰的嘶鸣。两种声音交织在一起，听上去感觉是人与什么动物在搏斗。朦胧中，哨兵伸出手去，想抓住那个声音。但是声音似乎又不在近前，他伸手去够，没够到。于是，哨兵在地上来回滚了几回，抓住一撮枯草，彻底从地上翻了起来。那个声音还在凄厉地尖叫着，它被风传递得若即若离，哨兵吃不准它是从哪儿发出来的。但哨兵分明又感应到那声音对自己的召唤。哨兵用拳头猛地砸着自己的脑袋。哨兵嫌自己在这个时候不够清醒，真想快速从梦中醒过来。可这绝不是梦，忽然，声音嗖的一声从河面滑过哨兵耳际，像是从河岸边最高的那座山上发出的。哨兵揉了揉眼，仰着头，开始移动脚步，那个声音像是在空中与他周旋。哨兵望了望四周，没发现任何可疑目标。哨兵埋着头，走了几步，把眼光定格在那座经幡猎猎作响的山峰。不对呀，那山里不可能真的住着神仙吧？哨兵影子飞一般地朝那个地方奔去。

河两岸听到这声音的人们，都停下脚步，不知道发生了什么天大的事情，他们站在原地四处张望，那神情就像藏北的游牧民张望飞机打头顶飞过，但他们此时并没有看到任何飞行物。人越来越多。从拉萨巷子里挽着长袍，翻过铁栏，争分夺秒跑出来的红衣喇嘛，停在桥头的一刹那，面色极其慌乱和茫然，像是听到了某种信号，手中数着的念珠，顷刻散落一地。喇嘛伫立着，惊慌失措地望着经幡吹拂的山上，许久才躬着身去撵那些满地乱跑的珠子。

此时的哨兵，向着山上爬行的速度早已超过了鹰的飞翔。

当哨兵即将接近那个声音的时候，天空裂变般地发出"轰"的一声巨响。紧接着，山谷里抛出了一枚炸弹——其实那是一只硕大无比的鹰。哨兵又迈了几步，仔细一看，还没看清鹰的眼睛，鹰尾巴后面又飞出一样东西——是一个断臂的少年。哨兵一下子怔在那儿。哨兵不敢再往深山里钻，脚步已经迈不动了。是什么味道？一种很刺激的腐烂味儿被风携裹着灌进鼻孔。这迫使哨兵继续往前走，哪里是走啊，简直就是在费力地挪动身子！

再往前，拐过弯，挪到少年和鹰起飞的地方，哨兵再也走不动了。哨兵眼睛直盯盯地目视着前方，眼前的一切真让人糊涂。那是什么？那是一个庞大的垃圾场，哨兵闻着散发着各种怪味的垃圾，迅速双手掩面。就在捂住鼻子的一瞬间，哨兵倒退几步，顿时目瞪口呆——一只手臂，一把藏刀，在眼皮子底下泛着两汪淋淋的血光，它们散发出腥臊的味道，刺鼻，像两条卧在狼藉堆上的花红蛇，异常醒目，哨兵的身子禁不住颤抖起来，差点晕厥。阳光和山风看见哨兵双手捂胸，背过血光，蹲下身子，好像有一样东西就要从他胸中喷射出来。涩涩的山风吹走了哨兵的帽子。哨兵直起身子，伸着手，往前跑了几步，却无力够着飞翔的帽子，于是停下来，转过身，冷静地正视着地上的手臂和藏刀，慢慢地，他开始对刚才把心撕碎的声音做出了智慧的判断：少年砍下自己的胳膊——一定是为了拯救受伤的鹰。但鹰不允许少年这么做，尽管鹰已经奄奄一息。哨兵这回像是突然弄明白了少年的不吃不喝——少年焦灼不安的心情一定与鹰有关。哨兵这么想着，帽子在天边已经飘得很远。地平线上什么也看不见了，天空模糊了，雪山模糊了。整个世界都模糊了。河岸边的房屋、街道、人群、寺院、宫殿、雪山都在一点点变小，变小，变小，最后完全消失在哨兵血光浸染的眸子里。哨兵的眼睛里只有少年的手臂和血在蠕动，如同夕光反照，晚风吹拂的拉萨河，看似平静，却刻不容缓地游荡在静水流深的黑暗里。

少年和鹰那惊天动地的互救之音在哨兵内心久久盘旋。

哨兵把眼光抬向天空——少年骑着鹰在空中来回旋转，他们失去了方向，旋即慢镜头似的从高空笔直地坠入拉萨河。一时之间，哨兵有点儿眩晕。哨兵看到鹰和少年是那么摇摆不定，晃晃悠悠，他们像一个梦缠绕在一起，不知是鹰驮着少年，还是少年抱着鹰，他们如同一片金色的羽毛飘摇而下。哨兵燃烧的目光变得越来越清凉，他们像是离他越来越近了，近得好像一眨眼就要飞过来，近得似乎一下子就有可能跌落在他的怀抱。哨兵忽然感觉有一样东西哄的一声从胸中射了出来，像是一支带血的箭，一种撕裂的疼痛针尖一样扎满胸口。

"嘭"——拉萨河水涌起的浪花冲上云天，冲得哨兵一脸雾水，他打了一个激灵，像是彻底清醒了。

哨兵用飞的速度在跑。看上去是要躲避什么，其实哨兵是想迎接少年和鹰的降临。可一切都晚了。

河水湍急。哨兵从山顶尖叫着跑到了河边。排着长队的人跟随哨兵的声音把河边围得密密麻麻，但是他们什么也没发现。只有几片带血的羽毛在平静的河面上被风吹来又吹去。他们对哨兵诡怪的举止弄得满心狐疑，他们不知道到底发生了什么事情。所有的人都已散去，哨兵一个人立在哪里。

汹涌而过的拉萨河水冲不净哨兵惶恐的心迹，风在哨兵的脸上呼啸着，像一群长满了牛角的孩子站在他头上吹着海螺。

河水中央隆起的布条与树桩在风中撕扯着，像是在述说着什么。无人能懂，只有哨兵不时地斜视它们一眼。

从此，拉萨河畔又多了一个传说，如同一首荡气回肠的哀歌。

"听说你一定知道少年和鹰的故事？"

哨兵经常一个人坐在河边抽烟。在路人们的传说中，一动不动地望着拉萨河水泛清波。哨兵一支接着一支的烟，送走了一天又一天寂寞的光阴和一个又一个好事的路人。无论谁来问起少年与鹰，哨兵的表情都平静得什么也没听见一样。哨兵习惯了看着河对岸的拉萨，除了摇头，还是摇头！拉萨河日复一日地流过，看上去，的确什么都没发生过。可这明明又像是刚刚发生的事情，却被一条河流掷浪似的一抛千里，那么害怕让人记起。但河水始终看着哨兵，山影的折光映下他枯瘦的脸庞。

难道河水真的不愿知道这一切？

太阳走了，夕阳走了，春天夏天秋天都走了，眼看，雪天就来了。当拉萨初雪降临的午后，那个穿着绛红色长袍的喇嘛不知何时又出现在桥头，他的后面跟着一群大小各异的鹰，浩荡的队伍从龙王潭一直排到大桥，他们离开拉萨要去哪里？无人知道。它们的羽毛在雪花的抚慰下，闪烁着晶莹的光芒……当喇嘛走过哨兵身旁，悄悄地从怀里掏出一顶军棉帽，无声地戴在了哨兵头上。手指无声地数着一颗颗前定的念珠，独自前行。喇嘛嘴里念叨着什么，速度飞快。

哨兵跟了几步，感觉世界和往常有些不同，于是止步鹰群中。

大桥两边的车辆和人流全部停在原地，等待喇嘛和鹰通过。雪花渐渐变成了雪弹子，一开始是零星地飘落着，后来像铜钱那样叮叮咚咚地打在拉萨坚硬的表情上，后来又转变成无数鹅毛在天空群舞，再后来就像风机一样灌下来无数张雪布。雪花落在大桥上，岗亭上、河面上、车窗上、姑娘的花围巾上，小伙子的皮帽子上，老人们的脖颈上……所有的人都抬头守望着裂开了一个大洞的天宇，像是看到了天堂的眼睛，那一刻他们安静得都快睡着了一样，只有雪花精灵到处乱舞。整个拉萨仿若尘世间庞大的海市蜃楼，坐满天空的人群凝视着大地上走过的喇嘛和鹰群。他们站在风雪中，车子停止了发动，行人停止了迈步，转经声没有了，叫卖声没有了，只有风的声音，雪的声音，还有鹰群里发出的叫声。呼呼、簌簌、咕咕……除了这三种交替的声响，再也没有其他。哨兵的耳朵里像放了一枚针，他听见它在抖动。

所有的人都目送着越走越远的喇嘛和鹰群。

你听见了吗？那一刻，苍穹之上只剩下了一个苍老的声音，如金属般明亮，富有磁性，仿佛是从神圣的远古飘过来的——

他从小就不会说话。那只鹰是他三岁那年跟着嬷拉（奶奶）去寺院朝佛的路上捡回来的。那时，鹰比他小多了，看上去只有一盏酥油灯那么大，当时它的眼睛亮得那个呀，啧啧啧，像是要与他说话。这斗转星移，日月轮回呀，十年就过去了，鹰同他共同生活了整整十年，十年啊。十年来，那只鹰长得比他还高大，他们成了最好的伙伴，无论他去哪儿，鹰都离不开他。他们一起放牧，一起去河边捉小鱼，一起去山上采莲花，一起目送黄昏，迎接太阳，守候彩虹的出现。累了的时候呢，他就靠在鹰的翅膀上呼呼大睡，待他进入梦乡，鹰就载着他慢慢回家。

有一天，就在他们回家的路上，风大雪大的不停地刮呀，大风大雪很快就把村庄覆盖了。大地白茫茫的一片，什么也看不见。谁知，就在鹰辨别方向，载起他展翅高飞的一瞬间，作孽的枪声响了。他从鹰背上落下来，鹰飞离了他的视线。

猎人在前面追。他在后面追。沿着鹰的血滴，他和鹰的声音飞过当雄草原，飞过念青唐古拉，飞过纵深的雪山与河流，雪擦伤了他的脸庞，风刮破了他的羊皮袄，冰块划破了他的脚丫，他追呀，追呀，从藏北一直追到了日光城，直到看见猎人的背影消失在夜色茫茫的拉萨……

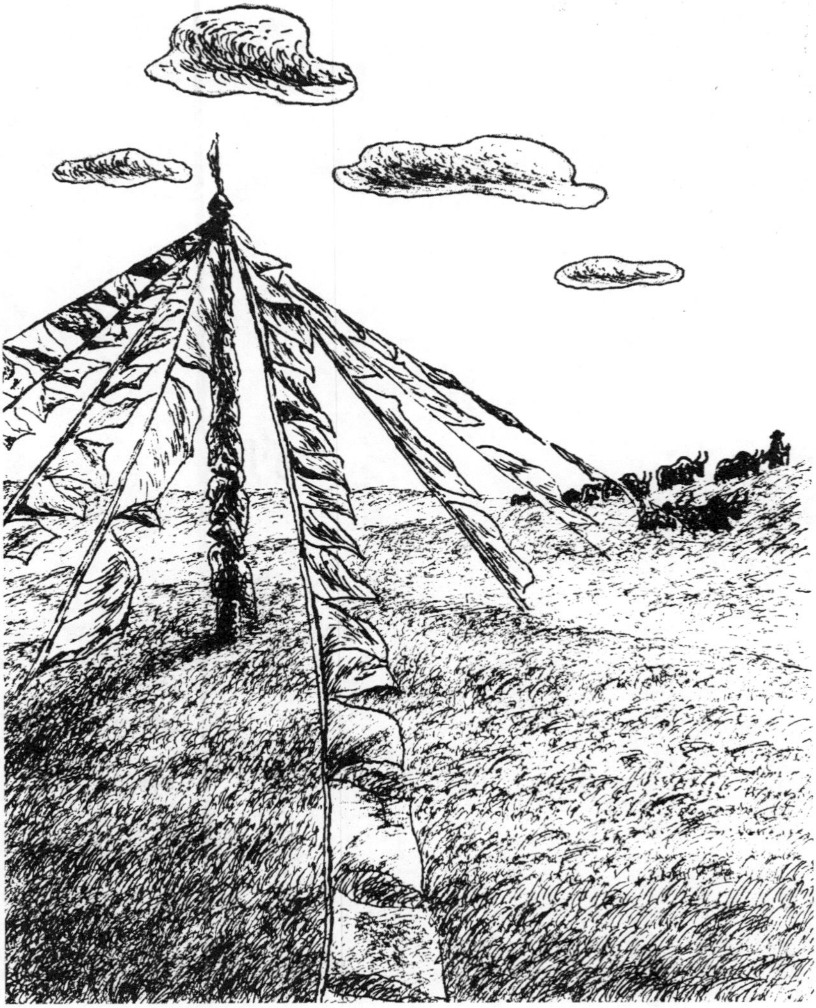

豹典
朋友

鼠　兔

一位在春耕仪式上劳作的老牧民告诉我：没有动物的草原是不健康的草原。

它们长得很像老鼠，但是没有尾巴。

在藏北放牧的地方，它们的密度很高。

当风儿从草原轻轻走过，它们便在草丛间疾驰而过，像一个个幽灵，随着风的节奏，窜入洞穴中。我不止一次在去藏北的路上停下来观察它们。当我停止不前，躲在车里，静静地看着那些被草隐掩的洞穴喷出土来，它们又一个个神出鬼没般地探出洞口，将矿物质带到地表面，这几乎成了我观察它们的兴趣所在。它们的一举一动都保持高度警惕，四处张望，不停地扩充或清理着自己的家，遇到有什么危险的响动，马上就把头缩回洞去。

它们长着毛茸茸的脸，有着明亮的眼睛和圆形的耳朵。它们毛色褐亮，在腹部杂带着一两道白色，像 T 台走秀的女模特身披的华丽靓装。这样的动物看上去既像老鼠，又像兔子，但它们在血统上与鼠毫无干系，它们是兔的近亲。书上称这种动物为高原鼠兔，学名是 Ochotona curzoniae。

我一直想弄清这些鼠兔在高原上的生活，可是它们提防人的警惕，远远超过了动物本身。一只高原鼠兔的洞穴系统包括四至六个入口，洞很深，通道盘错，甚至里面有些会是死胡同。奇怪的是生长在这些洞穴边的植物要比其他草原上的植物多样和茂盛。有一次，我发现一只落单的高原鼠兔，看上去体积很大，这让我想起小时候，姐姐在铁笼子里养的大麻麻兔，十分亲近可爱。我循着它的足迹觅踪。可是才几步工夫，它就不见了。我在洞口守了半天也没发现它出没的影子，后来我急切地挖掘它的洞穴，我想知道一只动物是如何在没有视觉的环境中生活的？然而，挖了三米长的距离，才发现一些草垛和粪便，等到太阳落山也没寻到它的踪影。

我落寞地回到车上，天色渐晚，透过挡风玻璃，我看见草地上慢慢有了一些动静，它们一个个像复苏的灵魂。大约十分钟后，它们有的探出头来吃高高的草，有的在啃那片鲜嫩的叶子，偶尔也尝一下刚吐露芬芳的花朵。之后，它们开始相互嬉戏打闹，碰掌，翻跟头。

而这时，我看清了一只落单的成年鼠兔。它在一边偷偷地观望我，好像是在故意回避我眼光的探寻。

它们之间相互舔毛，碰鼻子，打拳击，炯炯的眼睛在暗暗地传递着这个危险的信号。我索性把目光移向别处。

……

当我准备驱车而去的时候，黄昏的光影已从远远的山峰跑到了近处的山顶，草原上的动静显得有些异样。仔细一看，四周不知何时竟成了动物出没的海洋。雪雀巢、老鹰、狐狸、棕熊、狼，比比皆是。它们面目狰狞，内心充满杀气，莫非它们是冲这些肥大的鼠兔而来？悄悄推开车门，才发现，几只狼早已把我围困。于是赶紧躲进车内，几次举起手枪，却扣不动扳机；我想杀出一条血路，但又怕惊扰在整个草原生态系统中扮演关键角色的鼠兔。

一只羚羊从山冈走过，带走了孤独和寂寞。

犹豫片刻，点燃一支烟，做了一次深呼吸，不经意抬起头，我望向了那座耸入云端的神山。

山顶的雪很白，很白。白雪一直坐在山顶等待，等待我第一眼看见她的那一瞬间，放下手中枪，举起手来，听她轻轻诉说。那一刻，火红的云在移动，速度很快，我听见白雪在说："佛强调要尊重和同情所有的生命，要保持自然生态平衡，珍惜它们，它将会报答你，伤害它们，你将自食其果。如果你的子弹，击落其中的任何一只，它们都会齐头并进攻击你，快快离开这里吧！"

我眨眨眼，开始转动方向盘。走出草原，我回过头，问白雪，那么你呢，你还在那高高的山顶等待什么？

白雪悄然滑落几滴泪珠儿，她肯定地说："等到山下的青稞苗儿口渴的时候，我便会乘坐阳光的金翅，准时赶到。"

远处，有雨在下。

二牛抬杠，田野狂奔。

那一群穿着节日盛装的男女老少就要散场。

酥油茶、青稞酒、经幡、香炉、桑烟在他们破土耕地的地方静静地祭祀人间的春天，念经的喇嘛在田头默默地祈求神灵保佑。

雪　豹

在喜马拉雅边缘的亚东河谷，我们这群之前没有深入过河谷的人，即刻表现出强烈的陌生和兴奋，沿着浓雾弥漫的河谷走了几个小时，依然没有走出河之影，这情形越来越容易让人产生遐想：我们都希望尽快抵达河谷尽头，前面或许该出现一片草原，或是一片大海，抑或是彩色的湖泊，那样的话，我们会愈加陌生和兴奋。

事实上我们都是一群走不出喜马拉雅的人。

正是因为陌生，我们才在喜马拉雅徘徊。

谁说熟悉的地方没有陌生的风景？只是我们注定了选择逃离与突围。之所以在此刻表现出少有的陌生和兴奋，是因为我们一直被看不清的城市围困，被来自生活中的不可承受之重绑架，在没有走完一条河谷之前，我们的赞叹和敬畏油然而生。在我看来，河谷的出现是疯狂的一种暗示，它在以这种方式强调陌生于发现者的重要性，强调河与谷在喜马拉雅怀抱的珍贵意义。如同我们在一块地方待久了，思想会有时与喜马拉雅发生战争，我们时刻想着如何才能走出喜马拉雅，走出纵横的地理等高线包围着的自我迷茫。

我们的陌生和兴奋一直延续到太阳西沉，霞光如散状的网撒在河面上。而遥远的河谷还在视野里向前延伸，似乎一点也不想让我们知道尽头的未来。

河边到处都是垂钓者。他们的周围开满了鲜花。在我们提着鱼迷失在米蓝色的卓玛花中时，有人突然叫喊着看到一只雪豹。很多人立即应声围过去，想看看那只雪豹长什么样。

有人说了一句："雪豹雪豹雪豹。"感觉像是在唱摇滚，上气不接下气。

又有人说话了："干脆把它捉回去驯养起来。"

就在我刚要跟着围过去看时，心海里突然塞满了久别的乡愁：抬头看不到天尽头，除了奔跑的雾，连一只鹰的影子也找不见，我这是身处在哪里？我在没有亲人的异乡徘徊了多少年？我数不清究竟有多少个日子没有回远在四川盆地的家了。

就是这点忧伤的小情绪，让我马上想到那只正被很多人围着，正被很多双眼睛盯着的雪豹。我停了下来，听见所有的脚步声都在雪豹的心脏上奔跑，那些垂钓者几乎在同一时间丢弃了手中的鱼竿。只有我愣在那里，我思绪万千，在太阳即将沉落时，我仿佛站在一棵缠满了经幡与哈达的神树下，伸出右手把太阳托在波光粼粼的掌心，让他们为我和太阳还有水影留影。身后是一条比思想更长的河谷。我还想到了，太阳走过天空时，雾气将消融，雪花也将绽放所有的温暖，而卓玛花也将在万古不语的老月亮下渐渐枯逝，暗香只属于季节更替的万物。

"放了它！"我突然狂吼了一声，"天色已经不早了，就让它回家吧！"

大伙儿听到我的吼声，不动声色地打探着。就在那一瞬间，他们忽然明白了什么，马上作鸟兽散了，此时雪豹已被捉住它的人儿放回到了河谷的独木桥上。这时候，我拥有了几分欣赏雪豹的心情，拨开撩人的卓玛花，远距离地看着它，只见它像个战争中被抓获的小战俘似的，一跳，再轻轻回头，再一跳，再使劲一跳，然后就一点一点地变小，最后隐入河岸深处。

此时的河水，浑浊不堪，就像天空突然变了一张脸。但愿刚才所受的惊扰，没有让它六神无主，没有让它太受怕，没有让它迷失回家的方向。

有时，在离家很远的地方走了很远，我就会停下来，望着家的方向，想想那只在喜马拉雅边缘游荡的雪豹，它有点像不分季节游荡在苍茫西藏的我，更像走不出喜马拉雅的我们！

藏　狐

嘎玛丹增每一次上山都能带回一口袋新鲜事。最让我感兴趣的，不是他皮袋子里鼓眼探头的虫草，也不是他双手高举天空的伞状灵芝，而是刚刚听说他从雪山上抱回了一只狐狸。

我闻声跨过营门的栏杆，那些碉堡式的迷彩帐篷，像跑步的士兵一个个从我身后火速退去。

满头蘑菇云卷发的小女孩迎面冲来与我撞了个满怀，那是嘎玛丹增家的小女儿桑吉。她滔滔不绝，藏语夹杂着汉语，像是鹦鹉在歌唱，一声比一声高。见了我，更是禁不住手舞足蹈。那只停在风中的手，一直指着背后那座六千多米的雪山，乌黑的大眼睛滴溜溜转了半天，我只听懂了两个字——狐狸。她想让所有人都知道，她阿爸从雪山上抱回了一只狐狸。

我迅疾涉过草地，来到那顶唯一的白色帐篷前。嘎玛丹增正躺在地上，一只手握着啤酒，一只手拿着风干牛肉，微闭双眼，津津有味仰天畅饮，一副骄傲自得的样子。

德吉草围着酥油桶，正用力地上下抽动着那根棒子打酥油茶。阳光下，她用纱巾把眼部以下的部分蒙得严严实实，一条粗大的麻花辫像狐狸上翘的尾巴。除了腰上那条七彩围裙变得更加鲜艳之外，她身上半个月几乎没有任何其他的变化，还是那件在阳光下泛着油光的花氆氇，还是那双褪了色的红藏靴。在她的世界里，难道只容得下一只酥油桶吗？我从没见她和连队里的任何人，包括我说一句话。多次遇见，她都不会主动看我一眼。这次撞见她看我的眼神，像一把雪光闪亮的小刀轻轻刻进我的眼里，似乎担心我贸然闯进损坏她帐篷里的东西。

相反，嘎玛丹增和桑吉，倒和我们处得像朋友一样熟络。

我过去从没有见过真正的狐狸。此刻，我不关心德吉草，只关心狐狸。

"狐狸呢，在哪里？"我问。

桑吉机灵地伸缩着脖子，咯咯咯地笑，她转过身踩着比风更轻的碎步，引我来到帐篷背后，突然立定，随手一指。我左看右看，不见狐狸。然后，桑吉用手作喇叭状，伏在我耳畔，呢喃细语。我假装听懂了她的话，站直身子，四处张望，除了白花花的阳光，依然不见狐狸，只好把失望的目光定格在她身上。

她呶着小嘴巴，一脸严肃，什么也不说。继而，踮起脚尖，在原地打转儿。阳光穿过风的声响,打在她满面通红的小脸上。那一瞬间,桑吉眯缝着眼的世界里夹杂着一只狐狸的秘密。我只好沿着她眼神传递的方向,稍稍凑近帐篷三米之外的那堆柴垛,这才看到那只所谓的狐狸——它被一根银色的链子拴在一根粗壮的圆木上。

"德吉草,记住,有人来时,可千万别松开它的铁链子。"嘎玛丹增对老婆唤道。

顿时,我后退了几步,害怕狐狸灵活的耳朵准确锁定我的脚步声,又疑惑这个"狐狸精"会不会真的像《聊斋》里的那样复生。嘎玛丹增考虑来人可能会越来越多,唯恐吓跑狐狸。在我的视线深处,那只狐狸蜷缩成一团,方脑壳低垂着,长长的胡须,黑色的一双前腿,随风摇摆的尾巴,如一支巨大的狼毫泼墨,那的确是一种迷惑人的有力武器。褐色中泛黄的毛蓬松着透明的华丽,我断定它就是书中曾看到的沙狐。

嘎玛丹增称它"藏狐"。像猫一样椭圆的瞳孔半开着,隐约发亮,它偶尔偏偏脑袋,或者伸一只前腿。它明明什么都不想看,却又将眼睛半睁半合,仿佛只是为了听听风声。那只左前腿也是,伸出来不为抓住什么,更不可能做一个亲吻鱼和飞鸟的扑空表演,只是往那个圆木上不自觉地晃了一下,它究竟在试探什么?在收回左前腿的同时,它又将右前腿从腹部里自觉地伸了出来。

我再次伸出头，往前挪了几步。

这一回，它很不耐烦了，使劲往圆木上拼命地上蹿下跳，挣得链子发出"嗖嗖嗖"的声音，它拼命折腾的样子感觉像遭遇了翻天覆地的大地震。几分钟后，它又困在圆木下，一动不动，像刚生完孩子的妈妈，半闭合着瞳孔，一副永远睡不够觉的样子。

嘎玛丹增说他从来不伤害任何一只动物，所以那么多动物才肯认他做朋友，包括这只投怀送抱的藏狐。谁知他的话哪句是真，哪句是假？反正他的手机里有着他与各种动物亲密接触的合影。

天色向晚，山上的阳光转眼变成了夕阳。当时已经是嘎玛丹增趴在雪地上的第八天，口袋里挖的虫草有近两百根了。这挖虫草的技术靠得不仅是敏锐的洞察力与超强的忍耐心，更多时候也是人的运气。

嘎玛丹增是个特别相信运气的牧人。

有的人上山几天，可能一条虫草也挖不到；有的人上山一天，袋子里就装满了虫草。嘎玛丹增一边挖虫草，一边总想着桑吉和德吉草，还有那么多牛羊在等着他，于是就渴望带着虫草给他的好运想早点下山。可是刚一抬头，他便发现了树丛间那朵巨大的灵芝。

这不正好可以给德吉草和桑吉补补身子吗?

他心花怒放地采下灵芝,放在眼前仔细端详,心里忍不住念出两个字:好运。忽然一条华丽又毛茸茸的尾巴就翘进他的视野,并挡住了手上的灵芝。

那对尖尖的耳朵,似乎听见嘎玛丹增在问:"咦,狐狸,你,你,你这是从哪里来呀?"话刚出口,他便后悔不该问狐狸。可能是一个人在雪山上待久了产生的幻觉?不对,狐狸饿了跑来吃灵芝再正常不过了!这的确让他有些诧异和吃惊,虽然他对这一地带的狐狸并不陌生,知道这些家伙主要以鱼、蚌、虾、蟹、鼠、鸟、昆虫等小型动物为食,但它们也有采食植物的时候,这其中就有虫草和灵芝,它比人的眼睛可精准多了!

看到狐狸像人一样主动跃起身抱他手上的灵芝,他蹲下身温柔地抱住了它。

下山途中,他甜蜜蜜地哼起了歌:

雪山升起红太阳

雪山升起红太阳

雪山上升起哟红太阳

翻身农奴把歌唱

……

俗话说，狐狸是何等狡猾的动物，怎么会如此亲近一个牧人？莫非嘎玛丹增身上有迷魂药？这太出乎我的想象了，那样纯真唯美的画面如同影视剧的特效安排，加之特别投怀送抱的细节，让我对嘎玛丹增产生了无限的崇拜。甚至连让我怀疑他的可能性都没有，因为刚刚狐狸睡在柴垛面前的安静表现给了我足够的确信。看来现实中的人与动物相遇，并不都是像书本写的那样焦灼与战火纷飞，更没有那么多的精彩闪回与斗智斗勇。在你没有见识真正的狐狸之前，切忌过分想象它的种种不是。有时，透支想象也是一种罪过。

唉，原谅我复杂的内心吧。谁说人与动物的情感，不可温柔以待呀！很多时候，是我们因主观的畏惧而抹杀了尚未开始就已消失的温柔。

我们的演习已经进行快三个月了。一朵朵迷彩帐篷组成的营房，驻扎在邛多江边，成了一道让人留恋张望的风景。四周雪山簇拥，绿茵万顷，烟波浩渺，黑颈鹤在天地间欢快的歌唱。初来乍到，我在演习日志本上这样写道：一片草场，一块绿洲，一块盆地，一个湖泊，一层层金黄翠绿的海洋，如同展放在山坳中飘柔的织锦，更像镶嵌在群山谷底中的碧玉翡翠。在阳光的照射下，绿里律动着一缕缕沁人心脾的嫩黄，闪烁璀璨，让人醉心梦境。

可是，日子久了就滋生了孤独，助长了麻木的茧疤。演习毕竟只是虚拟的战争，我们见不到真正的敌人。偶尔可以看见藏野驴在江边欣赏自己的影子，可我们这时连一只藏野驴的审美能力都不具备，人类基础生活所需的简单功能在特殊环境下的慢慢丧失，意味着我们露营在外太久，每一个勇敢的迷彩战士都成了心是孤独的猎手。包括雪山倒在水中的影，夜色中藏野驴在河边伸长脖子啃月的剪影，我们都不懂它的美丽，只叫它傻傻的孤独。可想而知，牧人嘎玛丹增家的白帐篷，在众多迷彩帐篷面前是多么引人注目，它将受到连队官兵多么深情的爱戴。每个人脸上洋溢的笑容，已经证实什么是血浓于水，那种彼此交织的热情完全可以融化千年雪山。

那只狐狸遇见嘎玛丹增注定是一个美妙的传奇，这就好比那么多迷彩帐篷遇见唯一一顶白帐篷，这种恰到好处的距离与点缀，看上去比图画更美。只是德吉草遇见金珠玛米，可能她觉得不太美，几次到了我想要跟她说话的时候，她就把脸故意扭到另一边去，让人想不通的是，桑吉正在和我说话，她居然制止了。尽管她用的只是语言上的制止，而且她以为我听不懂她讲的阿里藏语。上高原之前，父亲塞进我包里的那本藏语日用手册还是管用的。

如此反复多了,我不得不在心里多打几个问号。

到底是哪里冒犯了她?

嘎玛丹增隔三岔五会消失几天,有时听说他是送虫草到山南去卖。每当他离开后,白帐篷里的歌声就会像桑烟一样隐约飘出,不用猜那定是德吉草的歌声,虽然没有一句歌词,但那种长长短短的哼鸣,很容易让人臆测她怀里正抱着狐狸在午睡。为此,我专门与人打了一个赌,输了的那个用解放鞋找嘎玛丹增换十五根虫草给对方。

结果,当我一步步悄悄靠近白帐篷,发现德吉草在里面正抱着纤瘦的狐狸,如哄婴孩一样旋转、摇晃。而且她脸上没有了纱巾,麻花辫已解散,眼睛明澈如平静的湖泊。

山涧又传马蹄声,肯定是嘎玛丹增回来了。这是十分令人期待的时刻。上次他说在山南遇见了某某活佛,还请活佛为他摸顶赐福。这次他讲在山南遇见的是"《西游记》里的唐僧",他说他顺手抓了一把虫草送给"唐僧",让他吃了有足够的能量去西天帮每个人取一部好运经。这让从没有见过"唐僧",更没去过山南的我们,很是好奇。当我们缠着要看看他手机里与"唐僧"的合影时,他却让我们好是失望。此时,有事无事挂在他嘴边的那句话又像石子一样从空气中抛了出来——你们要像我一样爱护金色殿堂里的动物呀。

藏语中，邛多江就是金色的殿堂，它的美确实名不虚传。

德吉草来自古格王朝遗址的象泉河畔，在她漫长的游牧生活中，从没有"故乡"两个字。与之比较，我们这些从千里之外赶来高原演习的人，动不动就容易想家。随遇而安的德吉草心中只有男人嘎玛丹增、女儿桑吉，以及在林芝农牧学院读书的儿子桑格尔。当然，更多时候，她眼里装着的是山坡上随意得像云彩的牛和羊，还有在水边盯着自己影子看来看去的藏野驴。

自从有了那只狐狸，德吉草几乎成了它形影不离的守护神。只要没有陌生人出现，她便将它脖子上那根铁链子取掉，任随它在她身边荡来荡去，在白帐篷里和她嬉戏。

嘎玛丹增比德吉草小十岁，曾是曲松县朗玛厅里专唱情歌的美男子，除了在舞台上唱歌，他还要陪来宾们喝酒。当年德吉草认识嘎玛丹增，完全是因为两人喝醉了酒。醒来，他已经落在她的马背上飞驰歌唱。在演习部队没有到来之前，嘎玛丹增和德吉草的歌声常常飘满了邛多江的每一棵草尖尖。

"阿爸，怎么阿妈她越来越不喜欢唱歌了？"

嘎玛丹增："桑格尔，你阿妈她害怕听见枪炮声响。"

与其说桑格尔像嘎玛丹增,不如说嘎玛丹增像桑格尔有一颗菩萨心。桑格尔一个月会到我们演习的地方来一次,说是回来看望嘎玛丹增和桑吉,以及阿妈德吉草,其实他是来给我们洗脑的,让我们这些过去没有见过高原动物的人,不要随便伤害这里的动物。桑格尔说得最多的一句话是——我不理解把野生动物当鸡鸭鹅随便宰了吃。

营房里喜欢嘎玛丹增的人,自然比喜欢德吉草的多。有人说德吉草对我们来此演习很有意见,只不过她一直表示沉默,她眼里的沉默让我越来越捉摸不透,我担心她的沉默有一天会燃烧。

是个下午,枪炮齐鸣,持续不断,我突然听见白帐篷里传来奇怪的尖叫声。跑近才知,原来是那只狐狸与德吉草同时发出的声音。狐狸在她怀里挣扎,她用双手死死地顶住狐狸的耳朵,好像不请自来的子弹一秒钟就要穿过狐狸的脑袋。更多时候,枪炮声还没响起,她已经用棉花塞住了自己的耳朵。在我看来,只有桑吉才是最不害怕枪炮声的。尽管她还没满六岁,但她总是第一个在枪炮声中跑来给我们报告的人,她赶着风独自向着连队坚定而来的时候,如同空中远远飞来的一个报警器。

嘎玛丹增从雪山上抱回狐狸的事,传了很远。除了一群演习部队的人反复去看狐狸,还有从山南赶着马车来的外国人,他们脸上洋溢出的兴奋,恰似许多孩子第一次参观动物园。

我们那么喜欢狐狸,每看一次都要对它品头论足,狐狸的眼睛已经对我们产生厌倦,几乎不愿主动睁眼看我们一眼。

德吉草背对着大家,她对我们的出现表现得很警惕。当我们对着狐狸嘀咕的话太多,她就抱起狐狸,跑到床边,把一道黑色帘子刷的一声拉过去,任凭我们在心里对狐狸千呼万喊,却只能干瞪眼看黑。我们看不见狐狸,狐狸在黑暗中或许看得见我们。在动物世界里,狐狸的眼睛比人类更适应黑暗。

有人给嘎玛丹增出了八百元想买走他的狐狸,他无动于衷,只顾喝酒,连一个价也懒得还。他从地上弹起来的时候,根本没有醉,清醒地告诉对方,他从不缺钱,因为虫草,已经替他换回太多太多的钱。他计划有一天,卖掉所有的牛羊,让桑格尔驾着车,先带他们一家去拉萨看布达拉宫,拜大昭寺,还有罗布林卡,然后再返回遥远的古格王朝之地。

半年后,在我们正式接到演习结束通知的那个午后,桑吉一个人急火火地疯跑到营区,我还没来得及问她发生了什么事,她就气喘吁吁地指着她家的白帐篷,说桑格尔开车回来要接走狐狸。当时,连队所有正在整理行装的人都跑出来围住了桑吉,仿佛围住了一只小狐狸。只有我最先抽身而出,向着白帐篷一路喘气,一路狂奔。

　　远远地,只见德吉草手上牵着的那条银色绳子,很沉。周围已经站了一些穿迷彩服的人了。她不时地拿着嘎玛丹增为她补身子都舍不得吃的那顶灵芝,那顶灵芝在狐狸的头上,像伞一样摇晃。我听见她在唱:

　　吃吧

　　吃了再上路吧

　　我的桑吉啦

　　我想起狐狸坐在桑格尔车上比德吉草温柔的模样,已经是多年后的2018年立夏。那是我们撤离邛多江的前夜,白月光如同戴上了哈达,大地一片明亮的清辉。

　　"金珠玛米,你别再逼我,我答应德吉草不再说此事。"

　　"你说,你说,你快说,我只想知道德吉草为什么不与连队的人说话?"当我抢下他手中的酒瓶,狠狠地抛进蓝得一丝不挂的河水中那一刻,他忽然站起身往前冲了几步,继而停下,揉了揉眼睛,看着咕咚咕咚沉没水底的酒瓶,身子咧咧趔趔将手搭在我肩上,许久才慢慢吞吞地低语道——你们到来的第一天晚上,她在江边听见一声盗猎枪响,远远看到一只正在降生的藏野驴,前蹄伸空,肚皮瞬间破裂开来,那可是婴孩落地的血光呀!

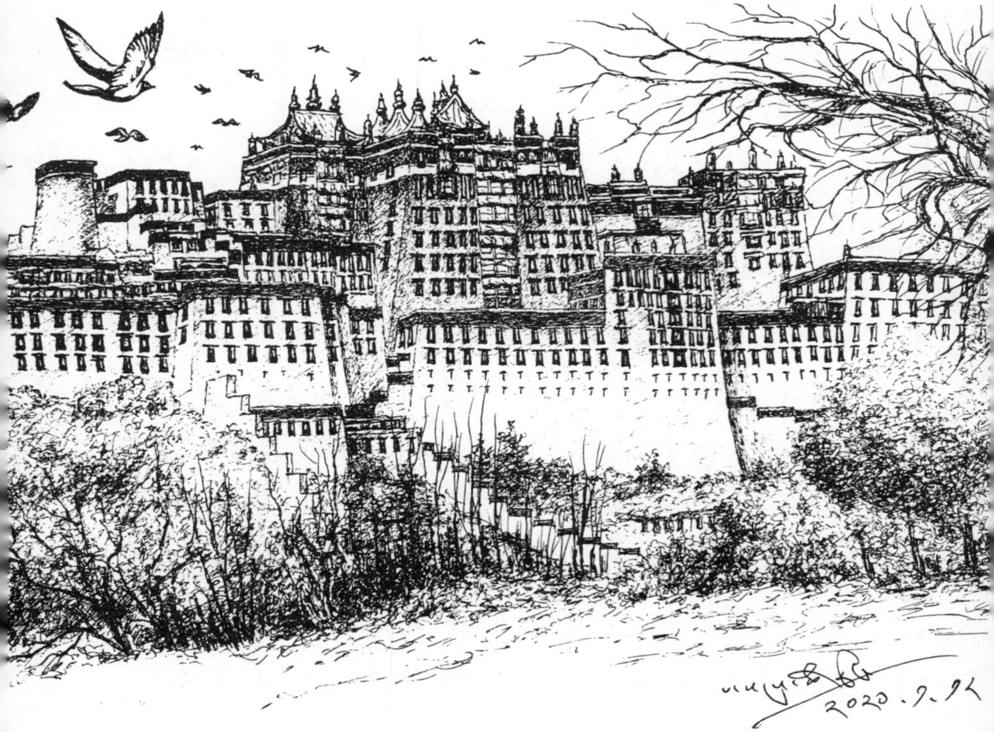

雪　猪

想了又想，这么多年，在我藏地遇见的所有动物中，印象最萌萌哒的恐怕非雪猪莫属了吧，只是它有一个我极不喜欢的学名——旱獭。这样的学名非常影响它在我视线里呆萌的形象，或者说我是讨厌"旱獭"这个名字的。

原本这仅仅代表我的私人观点，哪知有一天会在人多时候，不小心说漏嘴，迅速被在场的喜马拉雅动物专家进行反驳。

"先生，你或许可以保留你的观点，但你不喜欢的动物名字可能还有土拨鼠、哈拉、齐哇。"

这个动物专家高高的鼻梁上，架着一副思想者的玻璃镜片。在我们一起徒步通往神山岗仁波齐的路上，他配以话语的手势比划动作很大，并且用十分诧异的眼神纠正我的动物观，那深陷额骨之下的眼珠子如神鹰洞察大地上的食物一样敏锐、锋利，满头被风吹乱的银丝恰似乌云滚动中乍现岗仁波齐的雪，充满了奇异与别样的神秘。有一瞬间，仿佛是雪在他头顶上随风奔跑。

结伴同行者，背包客居多，还有一些是从事科考与探险的爱好者。这其中就有泰国的八岁少年柏朗依林和他的父亲托尼·贾。他们是家庭旅行爱好者,因为几年前到西藏游历,便爱上了喜马拉雅的雪猪。柏朗依林说他去过很多地方,遇见过很多动物,最忘不了的还是雪猪。奇怪的是,喜马拉雅的雪猪每次见柏朗依林,不仅愿意接受他的食物,还会对他拱手作揖示谢,而其他国家很多动物园的雪猪见他就躲,这也成了父子俩每年返回西藏的理由。

"詹姆斯先生,你一定是旱獭的亲人。"托尼·贾微笑着,双手朝他伸出大拇指点赞。

此刻,真应验了我长期思考的一种现象,无论明星还是普众,专家还是英雄,哪怕他是总统,只要相遇西藏路上,随便挥手打个招呼,统统都将被阳光打回凡人的原形。说得直接一点,在茫茫旷野的喜马拉雅腹地,雪猪便是所有凡人神奇相遇的最好见证者。很多时候,它听到大自然发出的声响,先独自从洞口探出一个脑袋来,若发现不是其他庞然大物的侵略者,而是人类,马上就会蹿到地面上,立起身子,向同类击掌发出热烈的欢呼声,几乎用不了五分钟,一群雪猪便向你围过来了。

那些手脚短小,身体圆嘟嘟,向着人拱掌直立行走的家伙,眨着小眼睛,活脱脱像动画片中的熊大、熊二。那一刻,柏朗依林的视野里装满了欢欣鼓舞。足有七八只雪猪对他拱掌，等着他奖赏食物，他在它们中间辗转，对着动物世界两眼放光，但又敬畏着，真不知应该先招呼哪一只？在他眼里，雪猪一只比一只可爱。他弓着身子，伸长脉子盯着一只雪猪看了半天，然后又是下一只。

突然，他在奔跑中呼喊起来，那声音听上去有些坚决和忧伤，谁也不知他喊的什么？那群雪猪在他的声音里早已跑得无影无踪。

我想，雪猪对人类的亲近，有很大程度是先发现了人类自然天性中渴望相遇的善举，它一定是愿意用亲近人类的方式来获取人类的感动，当然有了这种信赖，世间就能创造出更多的奇迹。

"你们与哈拉居然有这样的约定，喜马拉雅真是一片圣洁的土地呀！"詹姆斯知道了托尼·贾与柏朗依林父子来找寻去年遇见的那只雪猪，而倍受感动。

"噢，哈拉是谁？" 神情慢慢安定下来的柏朗依林耸耸肩，这回他并没有看詹姆斯，而是在詹姆斯的声音里，将目光锁定在我的目光里，显然他是想找我求证这个答案。

詹姆斯一脸沉重地望着我，表示对我有些质疑。但他眼神的余光分明在对着柏朗依林微笑。

我知道詹姆斯说的那些名字，全是旱獭的别名，只不过齐哇属于雪猪的藏名，这听上去还是比较有一点西方发音的味道。只是如此动物外貌，在东方人的审美意识里，我会首选并认定雪猪，而且它的可爱，配得上这两个字。我悄悄拉过柏朗依林的手告诉他，詹姆斯所说的土拨鼠、哈拉、齐哇、旱獭，都是同一种动物，而且都是你最喜欢的雪猪。

柏朗依林搔了搔自己的头，然后歪着脑袋问我："那你不喜欢旱獭，就是不喜欢雪猪对吗？"我赶紧向他"虚"了一声，示意他把这个问题打住。

此时，我们一行人已来到一片宽阔的阳坡上。

远处的岗仁波齐若隐若现，雪越来越白。

山上一杆杆五彩的经幡，在大风吹拂下，猎猎作响。不远处，有一顶黑帐篷，与山上的经幡相依相伴：它在烈风中安静地等待转场离去的牧人明年如期归来，那时青草疯长，牛羊成群。里面除了偶见的几只雪猪，并没有发现羊群的踪迹。相比之下，雪猪的出没，让雪风中的黑帐篷更加灵动：牧人不在，神灵还在。雪猪乐观豁达不怕人的栖息，甚至超越了其他物种。

詹姆斯建议大家坐下来歇一会儿。

我们坐在阳光里，有的人微闭双眼打盹儿，有人在分享途中拍摄的美图，还有人拿出随身携带的小水壶，倒出热气腾腾的酥油茶，分享给旅伴。我看见托尼·贾躺在草地上，轻松自在，像一朵自由绽放的野花。

只有冈仁波齐的雪，看着我们离它越来越近。

一路闲不住的柏朗依林，在草地上奔跑，找寻着他渴望的奇迹。在爸爸的瑜伽动作里，他飞过托尼·贾，像一道风，越过太阳的光芒，"嗖"的一声穿进帐篷里，忽然，一声尖叫，惊扰了每一个人。紧接着，他喘着粗气，从帐篷里趴了出来，像是中了邪一样说他刚刚看到一只大雪猪，从他身边经过，他蹲下身给它喂饼干，遗憾的是那只雪猪并没有用鼻子问候他，他失落地抽泣着——它不是我的雪娃，它不是我去年遇到的那一只雪娃，我说过今年还会回来看它，可是我的雪娃，它究竟去了哪里？

"依林别哭，我们再等等，说不定它还会出现呢！"托尼·贾安慰孩子。

詹姆斯拉过柏朗依林坐到自己身边，为他讲了一个故事。

以吃植物根茎为主食的雪猪，它最致命的敌人叫马熊。不过，现在的马熊早已经遗落在喜马拉雅民间故事中了。马熊喜欢挖地洞在里面睡觉，只要遇上雪猪就免不了一场搏斗，甚至杀戮。尤其在冬天里，它挖洞的过程中，经常会挖到正在冬眠的雪猪，马熊看到雪猪一家都在睡觉，就特别生气，于是把一只挖出来，用拳头狠狠地打一拳，放在身旁，又继续挖另一只。因为前面那只已被打醒了，所以它抓住另一只时，前面那只又跑了……这样一来，马熊不管挖了多少只雪猪，到头来只能得到一只。

我们笑了，为得不偿失的马熊，也为逃过马熊之手的雪猪。

詹姆斯继续道，不过，还有一种普遍存在的可能，到了冬天，喜马拉雅的雪猪会进入一种与生俱来的禅定，在温暖舒适的洞穴里，基本上三个月都不出来。

当然，雪豹拱掌的行为习惯，都是被喜马拉雅的朝圣者感染的，他们在风雪路上，随时会给雪猪准备一些食物，比如奶酪、糌粑、青稞、饼干，还有糖。有雪猪闻到熟悉的朝圣者气息，还会围着他们舞蹈呢。这时，朝圣者就会变作戏法逗雪猪玩，在开满野花的山坡上同它们打招呼。

所以，进入状态的修行者，有时会把自己比喻成雪猪。说的就是禅的一种境界。当然，也有其他动物研究者夸张地讲，雪猪是喜马拉雅最具信仰的动物之一。詹姆斯对此的看法是——地域的属性培育了动物的行为！

柏朗依林眼里蓄满了泪花："完蛋了，我的那只雪娃，一定是马熊带走了！"他从詹姆斯身边站起身，在草地上放眼搜寻着……

我们打起精神，拍拍尘土，准备上路，令人意外的奇迹出现了。

一只体积偌大的雪猪，像是披了一件毛茸茸的灰风衣，从岗仁波齐方向朝着人群直奔而来。柏朗依林闪身而出，一个箭步飞冲出去，它跑在路上的憨态惹人怜爱。那调皮的尾巴和短短胖胖的手脚煞是可爱，憨态可掬的雪猪足有十五斤重。眨眼之间，它一个猛扑投入他怀里。

"雪娃，雪娃，我的雪娃！"

这一回，我们都听清了他的呼喊——像家中饲养的小萌宠一样，他唤它雪娃，只有他赋给它这个独有的昵称。去年的去年他们早已相遇，他长大了，雪娃却老了。他又掏出了一块夹心饼干，它为他拱起了双手，屁颠屁颠伴随他前后左右。

"说好的，我们明年还会来。"托尼·贾忍不住抱起柏朗依林和雪娃，在野花拂动的长风中，他们天旋地转。

顿时，所有人都不约而同下了跪。

我不知他们各自下跪的理由是什么，可能大多数人会有一个共同点是感动，人与动物之间建立信赖后的感动，我想我给神山岗仁波齐的仁慈下跪,不少地方视雪猪为有害动物而捕杀,但喜马拉雅的雪猪,一直在神的怀抱里,被爱暖暖地呵护着。

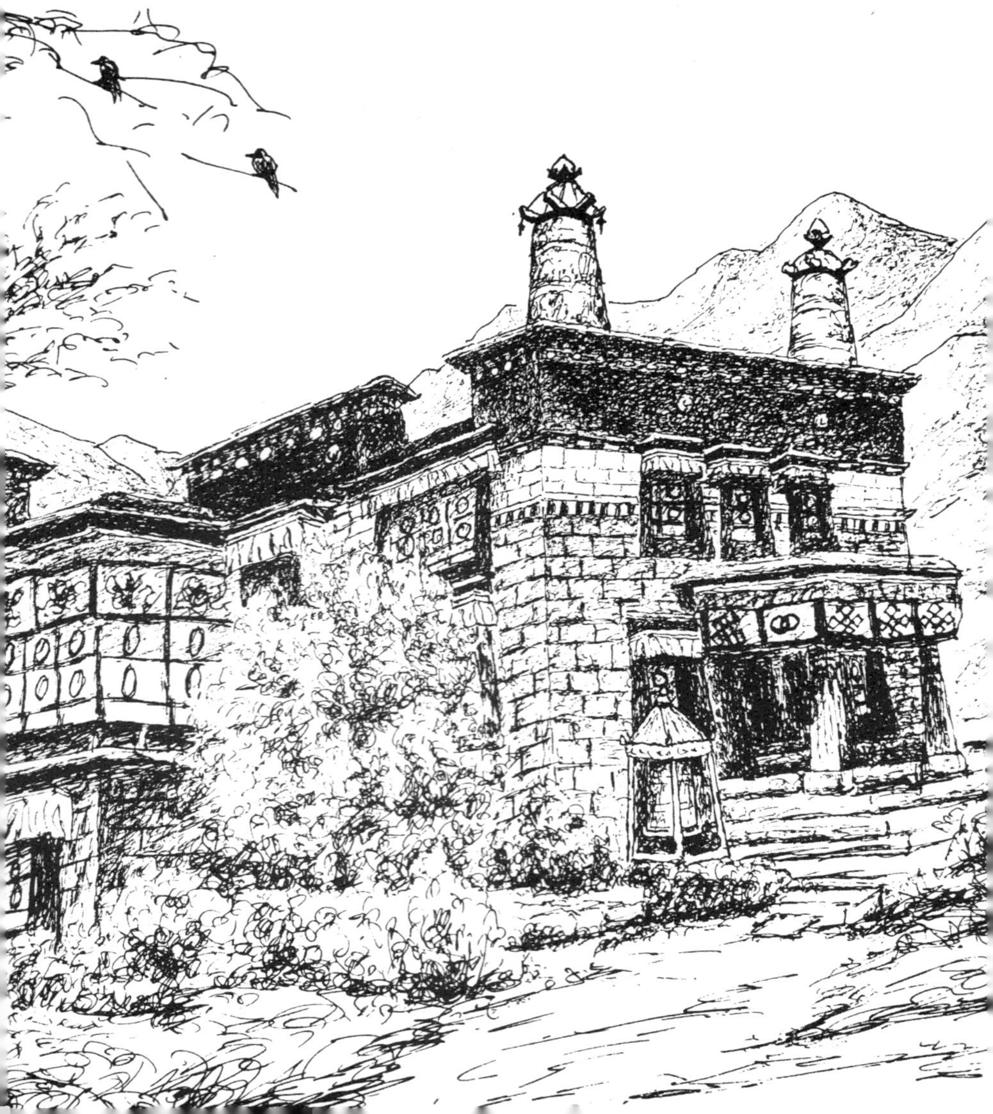

后记

雪山如笑。

这是西藏一别后,忽然回头拣拾的一个词。

进入中年以后,才发现时间只是陪衬,光阴才能给人回头率。

我知道,红尘中许多的笑,容易被世俗污染,使人不易被发现,就像一粒谷子落地的声音,悄无声息。

总有那么一瞬间,穿行在喧嚣、苦难交替的世界,不再为时间而停留感叹,徘徊云朵静止的窗前,仿佛听见身后,有满山满地的花开,那是我刚刚辗过的雪山,生命万物仿佛从我的脚印里探出头来,扑啦啦地开了一地。

我想回头握住它们,却没有。

我只是手上捻着前定的念珠,嘴角轻扬,似有格桑花香瞬间萦绕周围。

不只一朵,而是三朵,六朵,九朵,甚至成片,将我包围。我仅仅用了一次深情的呼吸,或一个凝望的眼神,呈现面前的皆是一朵朵花开。

雪山在花的面孔里退后。

我上前三步，看见那些花的容颜，其实是我一路上遇见的种种动物。它们带着一颗流浪的灵魂，缓慢地靠近我，它们是世界之上的绝世风景，它们不染尘埃的眼睛与心灵，如花朵绽放吸引了一个异乡人的灰头土脸，洗濯了我被世俗生活所染的傲慢与偏见。

那一只在沼泽地流泪的黑颈鹤，纷纷扬扬的芦花，落在它修长的脖子上，它就那样笑意蔼然地伫立在自己优美的倒影里，让人生出寂静与安稳之感。

所幸，过往的书写，都是在西藏恰好的遇见，而不是经年后尘世的苦苦找寻。

在以往出版的作品里，我很少写后记。总感觉文字在雪地上奔跑，停不下来。

忽然到了这一天，当我停下来的时候，我在想什么？

善于成人之美的人，是薄情时代最温暖的风景。

我努力抵达这样的风景，并向我生命中出现的人生风景致敬。

曹文轩、沈石溪两位儿童文学界的大咖，为本书郑重写下的推荐语，无疑是馈赠给读者的"种子句"。

李亚平哥哥为了我创作此书，替我找寻曹文轩老师帮忙的过程，至今让人念念不忘；最终军方诗人、书法家丁小炜帮忙落成此事。

　　成都别后去了上海生活的余青姐姐，为了让更多读者抵达我笔下的高原动物，亲自跑到前辈沈石溪老师家中推荐我的作品。

　　还有多次为我作品进行改良装帧的设计师向毅先生，他的每一次出手，都赢得了读者的欢喜。

　　特别值得一提的是，《藏羚羊乐园》从另一个签约出版社辗转到现在的出版社，得益于我满身才华的姐姐念央，是她阅读书稿后的热烈推荐，让该书遇见西藏的文化人东智，从而让我有了第一次与尽善尽美的晋美先生，在远方为一部书的美好呈现诞生的一次次握手、拥抱。

　　因为今生西藏有缘，注定《藏羚羊乐园》这部书的名至实归。

2020 年 11 月 23 日

于成都草堂路 17 号